U0755144

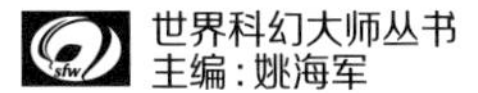

世界科幻大师丛书
主编：姚海军

鱼舟·兽舟

［日］上田早夕里 著　阿凯 译

UOBUNE·KEMONOBUNE

四川科学技术出版社

图书在版编目(CIP)数据

鱼舟·兽舟/[日]上田早夕里　著;阿　凯　译.--成都:四川科学技术出版社,2023.3
(世界科幻大师丛书/姚海军　主编)

ISBN 978-7-5727-0913-5

Ⅰ.①鱼… Ⅱ.①上… ②阿… Ⅲ.①幻想小说—小说集—日本—现代 Ⅳ.①I313.45
中国国家版本馆 CIP 数据核字(2023)第 041056 号

图进字:21-2021-350

世界科幻大师丛书

鱼舟·兽舟

SHIJIE KEHUAN DASHI CONGSHU
YUZHOU · SHOUZHOU

丛书主编　姚海军
著　　者　[日]上田早夕里
译　　者　阿　凯

出 品 人　程佳月
责任编辑　周美池　姚海军
特邀编辑　李闻怡
封面绘画　金　涛
封面设计　李　鑫　姚　佳
版面设计　李　鑫　姚　佳
责任出版　欧晓春
出　　版　四川科学技术出版社
成都市锦江区三色路 238 号　邮政编码 610023
官方微博:http://e.weibo.com/sckjcbs
官方微信公众号:sckjcbs
传真:028-86361756
成品尺寸　140mm × 203mm　　印　　张　9.625
字　　数　168 千　　插　　页　2
印　　刷　成都博瑞印务有限公司
版　　次　2023 年 4 月成都第一版
印　　次　2023 年 4 月成都第一次印刷
定　　价　46.00 元
ISBN 978-7-5727-0913-5

邮购:成都市锦江区三色路 238 号新华之星 A 座 25 层　邮政编码:610023
电话:028-86361770

目录

鱼舟·兽舟

『一起回大海吧。』

第一次看到兽舟，是在七岁的时候。那是一个炎炎夏日，空气热到令人窒息，烈日如毒棘般直射着湛蓝的海面——当时我在上层甲板晒衣服，突然发现了右舷后方慢慢接近的黑影。

黑影很快追上了我们的船，用它的侧鳍拍打着海面，发出了爆炸般的水声。当这个巨型黑色物体猛然跃出水面时，我立马发现，它不是鱼舟，而是兽舟。

我丢下手上的衣物，跑到船边。只见在布满积雨云的天空下，兽舟纵身跃起，划出一道优美的抛物线，又落入海中。

兽舟激起的横浪令船摇晃不已，刚晒的衣物全都缠到了晾衣竿上。我脚底一滑，狠狠地摔了一跤，但立马蹦了起来紧紧抓住栏杆，在海上搜寻起兽舟的身影。

兽舟体长十五米有余。和鲸鱼、海豚不同，它有着扁平的脑袋和身躯。与其说它神圣庄严，我倒觉得这外形有些滑稽。从近处看，它的外皮如钢铁般坚硬。海水如瀑布般从它光艳的背脊上顺流而下。它的脊背上没有居住壳，果然是没有“掌舵者”的兽舟。

父亲也从居住壳赶到上层甲板来。我告诉他我没有受伤，并指着海面上隐约可见的兽舟身影。父亲把手搭在额前，眺望着远处的海面，最后嘀咕说能看到它身上星形的伤疤。他回头看看我，开心地对我说：“让你看到稀罕东西了。那是你姑妈。看那体形，应该差不多要准备上陆地了。”

当时的我还不能理解这话的含义。直到几年后即将步入第二性征发育阶段，我才明白这之中的意思。

一轮满月爬上天空。从临时帐篷中望去，海面如破碎的熏银般摇曳闪烁着，伴着不绝于耳的海潮声，好似要将我拉入沉沉的睡梦之中。

我从皮套子里取出水壶，扯开盖子，往嘴里灌了一口苦茶，好打消睡意。我从海上聚落移居到陆地上已经有十二年了。这十二年来，虽然拼命，却没什么成就，着实让人愤懑。尽管现在这份工作无聊透顶，我也只能干着。

临时帐篷边上有三台移动式火炮。每一台移动式火炮上都配有一名操作员监视海上的动向。夜视装置也在一刻不停地监测着海岸。浅滩上都是些长满海草和藤壶的礁石，这会儿已退了潮，一块块礁石都露了出来。这些礁石并非海里的岩石，而是过去大都市高层建筑的一角。

繁殖期的夜鹭，时不时发出响彻夜空的鸣叫。其间还混杂着奇妙的声音，娓娓动听，如同老练的歌剧演唱家在高歌。但很明显，这不是人类的歌声。那歌声的音域在男中音和男高音之间飘忽不定，时而又毫无预兆地升至女高音的音域——这是登上陆地的兽舟呼唤同伴的声音。白天，它们鲜少鸣叫，但到了夜晚，便开始用响亮的声音疯狂高歌。在这歌声的召唤下，今晚又会有新的兽舟往岸上爬。我的工作就是找到并射杀它们。

晚班从深夜开始，一直持续到破晓。日出后，我就解脱了。我听从上面所谓的临时安排来干这份差事，至今已经一年有余。一个班的人会被派去不同的地方，我所在的地方是最闲的。从我被派来这儿，上陆的兽舟不过两头，但上面并没有调动我的意思。看来是上司看我不爽，把我贬来了这儿啊。

我又喝了一口苦茶，这时耳朵里的接收器传来报告，说禁区内发现入侵者。由于对方嚷嚷着要见负责人，我读取了植入手背的数据资料，发现入侵者是太平洋区域的海上住民，叫Mio。

手中的水壶差点掉地上，我只觉得脖子根一阵燥热。这个Mio，该不会是我认识的那个Mio吧？

我叫手下在本部等我，随后便飞奔回了临时帐篷。当我呼吸急促地冲进帐篷时，只见一个双手被铐起来的女人，正在朝我的手下号叫。

这响亮有力的声音，这颀长匀称的身体里迸发出的激情——是长大成人的美绪[①]，她和小时候相比，真是一点没变。我入神地看着她成熟圆润的身躯，可她一看到我，都没句问好，就将双手伸到我面前："给我解开。"

"等我确定你不会伤害无辜了再说。"说着，我把手下都打发了出去。

帐篷里只剩我俩时，我问美绪："多年不见，没想到你居然来妨碍我工作，是想干吗？"

美绪理直气壮地回答道："我希望你停止捕杀兽舟。"

"不可能，这是我的工作。没有上头的命令，我就不能擅离职守。"

"那你大可以跟上面汇报说它们逃走了啊。"

"被上头发现的话，要受罚的人可是我。我可不想惹祸上身。"

"从这里上陆的兽舟，是我的'朋'。"

美绪似乎看出了我的动摇，紧接着继续说道："你还记得的吧？那时候我们一起玩弄虐待的鱼舟，它回来了。变成兽舟回来了。"

---

① 美绪，日语发音为 Mio。

“那又怎样？你的‘朋’连鱼舟都不是，事到如今还有什么用！”

美绪直勾勾地盯着我：“当时说要拿火药耍耍它的人可是你！”

“你不也兴高采烈地同意了吗？”我刁难道。

是的，那时，我们确实玩得很开心。

明明已经没有任何留恋了，可不知怎么的，至今还会梦到那时的生活。梦到数千艘大型机械船整齐列队，扬起绚丽的旗子，在湛蓝的大洋上前行的庄严光景。梦到被形似畸形树木的结构体笼罩起来的巨型人工浮岛，以及生活在那上面的政治家。我的家人属于下层阶级，不能登上浮岛，他们的一生，几乎都是在自己那艘被称为“鱼舟”的船上度过的。

海上住民是一辈子都生活在海上、不能上陆的民族。只有在需要购买海上没有的物资时，他们才会和陆地住民交易。海上住民以家庭为单位拥有船，有时也会和其他船上的家庭进行交流，形成名叫“聚落”的团体大规模移动。这些将整片大海当作自家庭院的海上住民，其繁荣程度已远超陆地住民。在这个大半陆地都被海水淹没的世界上，舍弃陆地上的生活反倒叫人更轻松。

青春期以前，我一直生活在海上住民聚落里，青春期之后，我舍弃了聚落。

那时候发生的事如今依旧历历在目。当时正值比起家人更为重视朋友的年龄，包括我和美绪在内的很多孩子都成群结党，寻求着刺激的游戏。我们竞争从更高的地方往海里跳，比较谁潜水潜得更深，甚至还尝试徒手抓那些有毒刺的鱼，看能坚持几秒钟，为此吃了不少苦头。

有一天，我们发现有一个小小的鱼影，慢慢接近了美绪家住的船。这条鱼特别亲近人，还追上了船尾——因此我们便想好下一个游戏是什么了。那个年纪的我们，并不觉得这些小生命可爱，反倒想去虐待它们。

我们先是扔些小鱼小虾米给它，消除了它的戒心，然后便突然开始攻击它——我们拿棍子戳它，拿海胆砸它，还从居住壳里取来热水泼它。

当时说要用火药的确实是我。我拆了打鲨鱼用的弹丸将炸药装进瓶子里，然后把做成的“烟花”扔向了这条鱼。我原本只打算吓一吓它，但我搞错了炸药的分量，放多了。

听到爆炸声的大人纷纷赶来，顿时一阵骚动。那条鱼的背脊受了重伤，血流不止，鲜血把附近的海水染得一片乌黑，最后鱼游离了美绪家的船。那时，我头一回听到了鱼的鸣叫声。这声音听起来就好像是人类小孩的叫声，格外瘆人。要是晚上听到，说不定会错听成溺水的小孩的求救声，简直有如剜心一般，让人不寒而栗。但我还在虚张声势，只当是把鱼弄哭了而已。

我们被狠狠地斥责了，大人们责备我们不该做炸药，也不该虐待鱼。但大家只是表面上低头认错，等挨完了训后还是一如既往。

大人们自然察觉了这一点。

几天后，聚落的孩子们被召集到一族长老居住的船上。我们不明就里地来到居住壳的最下层。大人让我们在走廊稍微等一会儿，于是我们背倚着墙，有说有笑，聊着天打发时间。

终于，走廊尽头的房门打开了，出现了一个抱着大水盆的老人。他仿佛在举行仪式一般，将水盆放在我们脚边，让我们往里头看。

我们凑到水盆边缘，只见装满透明液体的水盆底部，有一条扁平的黑鱼扭曲着身体。与其说它是鱼，倒不如说更像小鲵。它有着大大的腹鳍和胸鳍，看起来就像没连着手臂的两对手掌。比起怜爱和稀奇，它更让人觉得奇怪。

老人说："你们很快就要到结婚生子的年龄了，所以要好好记住这一点：我们一族的女子在产子时定会产下双胞胎，其中一个会和我们一样是人形，而另一个生来就是鱼形，就和水盆里的鱼一样。"

大家都呆住了。我们这个年纪，对生子这件事还没什么概念，对于女人们会生下一人一鱼这件事，我们也难以置信。

“一个生来就是鱼形？是早产儿还是什么？”我问道，“长大之后会变成和我们一样的人类吗？”

“不，它会一直是这副样子。”老人回答道，“人形的婴儿会作为人类被抚养长大，而它会被放回大海。”

“这样它不会死吗？”

“生命力弱、运气差的是会死。不过，它要是能在残酷的环境中生存下来并长大的话，终有一天会回到自己出生的船上。那时，如果船上还有它的另一半，也就是你们这些人形的兄弟姐妹的话，人类和鱼就会缔结‘掌舵者’与‘舟’的关系。那时，就请大人们教你们掌舵的方法吧。”

体长三十余米的巨型鱼背脊上会形成外骨骼——其间的中空处就是海上住民居住的地方。而上层甲板，则是人类为了利用光照而增设的建筑。说白了，海上住民不过是寄生在自己产下的鱼身体中的生物罢了。“掌舵者”会通过特定波频的组合，即声音，来操纵“舟”。这之中的部分波频处于人类听觉范围之内，所以我们族人将这些操纵鱼舟的声音称为“掌舵之歌”。

孩子们听了老者的话，都兴奋极了。因为拥有一艘自己的船对海上住民而言是无上的光荣。这并不是从父母那里继承的旧船，而是一艘属于自己的新鱼舟！

大家纷纷开口询问自己的鱼什么时候会回来。老者回答说：“差不多就在你们进入第二性征发育阶段的时候吧。但也不是所有的鱼都会在这个阶段回来，有的会稍微早些，有的会晚不少。所以你们每天都要仔细观察海面。这样才能知道自己的鱼，也就是你们的‘朋’什么时候回来。一旦发现它，就要立即驯服它。”

我终于明白自己为什么被叫来这儿了。我们之前残忍虐待的那条鱼，应该是某个人的鱼舟——“朋”。我偷偷看了一眼美绪，不出所料，她果然脸色惨白，一个劲儿地哆嗦着，仿佛已经听不见旁人说话了。回自己船上时，我告诉她事情都过去了，叫她不要在意，可不论我怎么安慰她，她都依旧失魂落魄：“我虐待的鱼就是我自己的‘朋’，我干了那么残忍的事，它肯定不会回来了……”

自那以后，美绪的脸上就多了道怎么也抹不去的阴影。说好听点，这是懊悔自己犯下的恶行，增加了人生的深度。不过，我完全无法理解，所以经常安慰美绪：“不管它是人类的兄弟姐妹还是什么的，它说到底就是条鱼。你没必要这么自责。再说了，那条鱼也未必就是你的‘朋’啊。”

美绪没有反驳。但是，她深信自己永远地失去了拥有鱼舟的机会，很是消沉。更糟糕的是，分析了那条鱼的血样之后，可以肯定它就是美绪的“朋”。

大人们都说这是对恶行的惩罚，但我实在难以认同这一价值观。这都是我们族人自说自话决定的。对于那些不会产下鱼舟的陆地住民而言，鱼舟就是鱼类。要是鱼舟上面没有居住壳、没有人类栖息在上面的话，肯定就被他们当作自然资源给吃了。不，若是他们饥饿难耐的话，说不定还会从海上住民手里抢鱼舟去吃。

此刻，我意识到，自己是个异类。我虽然是个海上住民，但无法作为海上住民生存下去，所以我决定舍弃海上的生活。我把这个决定告诉父母之后，就办理了移居陆地的手续。这一行为相当于是舍弃了和未曾相见的鱼舟之间的那份契约。但我一点儿也不后悔。

美绪都失去了鱼舟，我怎么可能有资格拥有……

对我的这一选择，美绪笑了：“你这是出于同情，还是友情？或者说是爱情？不过这些都无所谓了，你太傻了。”面对美绪的挖苦，我一言不发。离开海上住民聚落的时候碰巧下起雨来，我至今都记得，美绪一直站在从天而降的银线的另一头，目送我离开。大雨就像是一堵高墙，隔开了我和美绪。其实，只要再往前走一步，就能打破这高墙了。但我们都太过胆怯，太过冷淡，终究没能迈出这一步。

我没有解开美绪手上的镣铐，而是让她坐下，把放在帐篷角落里的水瓶塞在她手里。

一靠近她，就能闻到她身上甜甜的果香味。我从来没闻过这个香水味。应该很贵吧。是谁教她用的，又是谁送给她的？我没敢开口问。我怕自己知道的那一刻，自尊心会被碾得粉碎。

我对她说："跑这儿来吃了不少苦吧。"可美绪一言不发，褐色的喉咙向后一仰，只管自己抬头喝水。不过她许是平静一些了吧，表情和缓不少。

我问美绪有没有证据能证明那兽舟就是她的"朋"，她回答说当然有。"有一个专门追踪调查兽舟的非营利组织。他们采取的样本所制成的数据库中，有一个和我基因组相同的个体……"

"所以他们就多管闲事地告诉了你，是吧？"

"是我自己要求的。如果发现的话，让他们联系我。要是我早点知道鱼舟的事，也就不会失去自己的'朋'了……"

"都是过去的事了。"

"不是这个问题。"美绪说着，把空瓶扔到一边，"你这份工作做多久了？"

"一年左右吧。"

"开心吗？"

“又不是我自己选的，我是被上面贬到这儿来的。”

兽舟是指那些因为某些原因最终没能拥有“掌舵者”，在完全长大之后，试图登上陆地的鱼舟。和某些类似两栖动物的鱼舟不同，它们的外观更像是爬行动物。约三十年前，陆地住民偶然间在内陆的峡谷里发现了兽舟，那之后，这就成了一个大问题——虽然数量不多，但为了生存下去，兽舟们会大肆掠食陆地上的资源。兽舟和鱼舟一样，不具备繁衍能力，就算环境适宜，它们的个体数量也不会暴增。但即便如此，近年来的主流意见仍然偏向于消灭它们。毕竟这对于栖息在有限的土地上的民族而言，是事关生死的大问题。

于是，国家出资建立了一支讨伐兽舟的队伍。我就是作为讨伐队的一员，被派到这儿来的。

美绪问我：“你到现在为止猎杀几头兽舟了？”

“两头吧。”我回答道，“这就是个闲职。当值的只有我一个人类，其他包括射击手在内全是人工智能体。那些人工智能体一直和中央司令部保持着联系……”

美绪打断了我的话，说她对这些东西没兴趣。“你有没有想过，你的‘朋’说不定有一天也会变成兽舟爬上陆地？你等于是要杀死自己的同胞兄弟啊。”

“我不是没想过，但我已经不是海上住民了。就算是我自己的‘朋’，上面一声令下，我也会毫不犹豫地射杀它。”

“你还是这么薄情寡义。”

“是你太重感情了。”

美绪叹了口气，说：“你知道兽舟为什么要上陆吗？”

“不知道。”

“是因为它们发现了陆地上有它们的生态位[①]。它们发现不光是海洋，陆地也能赖以生存。”

“为了什么？那么大的生物，跑到不能利用浮力的陆地上来反倒不方便吧？”

“我觉得它们不是为了移居而上陆的，它们是在朝‘能在陆地上生存’的方向转变。”

“它们不担心找不到食物吗？”

“它们也在改变食性。正因为陆地资源被它们大肆掠食，所以人类才成立了讨伐队吧？但是，这事儿不会这么轻易就结束的。”

我调侃美绪：“难不成它们还会开始吃人？”

“还是把所有可能性都考虑一遍比较好。毕竟是人类孕育了这种生物。”美绪一边思考，一边继续说道，“你知道生物的复杂性和基因总数的关系吗？”

---

① 指一个物种的食物、习性、栖息地等生活要素的集合。

“不太清楚,但我倒是听说过。”

“比方说线虫只有上千个细胞,人类则有六十兆个。但是,前者的基因总数是两万,后者则是两万三千。也就是说,基因的数量不变,生物复杂性的差异是由基因的组合次数以及组合方式决定的。”

“就好比玩具积木通过不同的排列组合,能搭出房子或者车子吗?”

“这个比喻不错。二〇〇三年,当人类所有的基因组都得到破译时,人们发现,编码蛋白质中,基因领域和负责基因调控的部分,仅占整体的百分之二左右,剩余的用途不明。仅两年后,人类就发现,决定生物外观以及生物机能复杂性的,很有可能是曾被称为‘垃圾 DNA’领域转录[①]而来的非编码 RNA。人们这才知道,以前一直被认为用途甚少的 RNA,实际上与生物的形态表现和进化大有关联。也就是说,形态迥异的生物,它们的基因是相同的。只要活用这个原理,哪怕是用和人类一样的基因组,也能创造出与人类形态完全不同的生物。运用这项技术创造出来的生物就是鱼舟,我们的‘朋’。”

“你现在在做这方面相关的工作吗?”

“就算不是专家,也能查到这些。”

① 遗传信息由 DNA 转换到 RNA 的过程。

我猜不到美绪真正的工作是什么。我唯一确信的就是，她比以前更加执着于自己失去的“朋”了。

美绪继续说：“有数据显示，博德基因调控领域[①]基因突变发生率高，生物就会产生急速的进化。所以，就有人想到，人为对这一领域以及非编码RNA进行改动，将其变为易引发变异的性质。这样，是否就能创造出可以迅速对外界压力、环境变化做出反应，并频繁进行进化和退化的生物了呢？在这之后便是对我们身体的研究，让我们最终变成了这样，得以在大半陆地被海水淹没的世界里生存下去。”

“兽舟呢？它们也是出于某种目的，从鱼舟变异过来的吗？”

“这我就不知道了。但我总觉得，它们变异成了和预计进化方向不同的生物。现在完全不知道它们会在怎样的状况下，对谁有帮助。”

“它们知道有监视，可还是毫不在乎地往岸上爬。它们甚至不懂得‘陆地住民会杀死自己，所以不能接近陆地’这个道理。”

“人类没有资格对生物的智慧妄下定论。你知道让步赛理论吗？”

“那是什么？”

---

①这是近年发现的一种新型基因调节机构，可加速甚至改变基因的进化，被科学界称为“生命设计图”。

“让步赛理论解释了为什么生物会有乍一看会降低其生存可能的行为和形态。比方说某种食草动物一发现敌人的身影，就会故意跳起来，让敌人看到自己的身姿。这种行为乍看之下虽然愚蠢，但实际上是在向对方展示自己很健康，鲜少会被追捕者追到。兽舟如果也是这么想的话……”

“你想太多了。比起这个，我们久别重逢，聊点儿别的吧。”

“那你说，现在还有什么是比兽舟更重要的？”

“你的脑袋里就只有兽舟和‘朋’的事吗？我们可都十二年没见了啊。”

美绪不情不愿地说：“你想知道我的什么事？”

“什么叫‘什么事’！说说你现在的生活，还有家人之类的……”

“白天帮忙做海洋观测。晚上去当歌手唱歌。”

“歌手？专业的吗？”

“虽然没什么人气，但我还是有几个粉丝的。不行吗？”

“不，我就是有些意外……”

“家人的话我没有。我现在生活在人工浮岛上，晚上会去酒吧唱一晚上的歌，赚些钱。那些工作了一天疲惫不堪的人，听到我的歌声就会如重生般两眼闪烁着光辉，那一刻的感觉真的很棒。有时候我还会在小音乐厅开演唱会呢。你呢？”

“和你相比，我的人生太不起眼了。不过好歹是个吃公家饭的。只是怎么也升不上去，就混成这样了。”

“成家了吗？”

“和陆地住民结婚了，有两个孩子。”

“这不挺好的嘛。既然如此，也没必要对我的人生有兴趣嘛。”

“你要不要来陆地上唱歌？”

美绪嘲讽似的翘了翘嘴角。我等着她的回答，可她却出神地看着远方：“能再听我说两句吗？”

“要说你尽管说，但是别提要求，我是不会答应的。”

“如果我的‘朋’出现了，希望你能等五分钟再开炮。我会好好引导它的。”

“你打算把它带回海里吗？”

“我倒是想把它带去荒岛，但就现在陆地的占比来看，根本没有兽舟的容身之所吧。所以我要引导它回海里生活。”

“你准备怎么去引导那么大的生物？”

“使用光和声音。你放心，我在其他地方试过的。”

“那你要是不能把它带回去呢？”

“那你就放心大胆开炮吧。如果它注定要命丧黄泉，那我希望自己能看着它死去。这样我的灵魂也就能彻底解放了。”

我沉默了一会儿。

美绪再次慢慢地伸出双手，摆在我面前："给我解开。"

我摇了摇头："我太了解你了，所以才不能相信你。你要么马上回海上，要么就在这里等报告吧。"

美绪乖乖地放下了双手。她低下了头，再也没说一句话。我问她是要回去还是再等等，但她并没有回答我。她的视线落在脚边，如顽石般定在那儿，一动不动。

我用绳子把美绪绑在了椅子上。然后来到她面前，说："下班之后我们再好好叙叙旧吧。我介绍一家早饭很好吃的店给你。"

美绪并没有回答我，只是嘀咕着："即便在这儿杀死兽舟，也不能改变它们是我们的'朋'这一事实。总有一天你会明白的。"

我走出临时帐篷，抬头仰望天空，发现月亮升高了一些。我派了一个手下监视美绪，之后又独自走在海边。

我反复回想着美绪嘀咕的样子，觉得那已经不是激情，而是疯狂了。或许我不该把她留在海上，一个人来陆地上的。如果我能一直陪在她身边，说不定她就不会变得这么疯狂了吧——不过或许这种想法纯属自作多情。

走到移动式火炮那头，只见一名射击手坐在操作台上。人类将人工智能体的皮肤设定得比自己更苍白。这是为了让人工智能体在自然地融入人类社会时，能让周围的人意识到它们并非真正的人类。

我望着它们端正的侧脸，心想：它们身上完全没有人类的基因，不过是用人工蛋白质和无机质做成的自动人偶。然而对我来说，它们才更像是人。比起拥有和人类相同基因组的鱼舟、兽舟，我反倒觉得它们更为亲近。这是为什么？

对人类而言，人的定义究竟是什么？是形态，还是基因？还是说，连这个认知都会因人的价值观而有所不同呢？

我询问射击手是否有异常，它用柔和的声音回答我说没有异常。

我又想问它：你觉得自己是什么？但人工智能体的设定就是不会回答类似的问题，所以问了也是白问。

我在火炮边上站了一会儿。射击手丝毫没有要问我任何问题的意思，因为它们就是被这么设定好的。真要好好感谢这个不会多说话的设定，和美绪完全相反。

突然，射击手的声音传入了我的耳朵："一百二十度方向发现有生命体征的物体。距离为五十。"

"是兽舟吗？"

"正在核实。等它上陆就开火吗？"

"嗯，就交给你了。击毙之后再联系我。"

"了解。"

我提高了连线等级，连接到所有射击手的情报网。移动式火炮的部署都掌握在我脑中，全部锁定了海边的某一处。

那地方满是那些被永不停息的海浪毫不留情地打碎的礁石。在这些礁石中间，确实能看到一个蠕动的身影。它为了回应内陆传来的同伴的叫声，突然扭动身躯，跳出浅滩，整个儿出现在了岸边。

完全变异后的兽舟，长相独特，就像鱼和鳄鱼的混合体。体长将近十七米。生活在海里时，那所谓的胸鳍已经变异成了大大的手掌，掌上有五根长爪。从向前突出的嘴巴的缝隙里能看到锋利的牙齿。尾鳍也改变了样子，变成了能轻松爬上岩壁悬崖的形状。

兽舟扭动着它那钢铁般光润的身躯，向沙地前进着。它时不时会停下来，抬起头，转动着脑袋，搜寻同伴的声音。射击手已瞄准兽舟的信息传输到了我脑内。

就在这时，有个小小的身影笔直冲向了兽舟。我看到她右手上闪烁着匕首的光芒。估计是把匕首藏在身上什么地方，然后割开了镣铐吧。看到她那被大量人工血液染红的衣服，我立马就明白她干了什么。

“住手！快回来！”我朝她喊道。

美绪回过头来看了我一眼。

当我看到她双眼的那一瞬间，立刻被她坚定的意志所震撼了。与此同时，我也明白了，自己根本阻止不了她。她如黑暗中的明星一般，闪闪发光。至少在我眼里是这样的。切实触到她那熊熊燃烧的灵魂之后，我便意识到自己根本没有阻止她的力量。若硬要如此，可能还会死在她手里，就像那个监视她的人工智能体一样。

美绪用响亮的声音喊道："再给我点时间！一点就好！"

美绪高举左手，放出了强烈的光芒。兽舟对光亮有了反应，朝美绪的方向移动起来。美绪确定兽舟被自己吸引住了之后，就开始慢慢向海边移动了。与此同时，她按下了播放机的按钮，开始播放她以前录下的其他兽舟的叫声。我分辨不出那叫声的含义，大概是兽舟还生活在海里时的叫声吧。那是同伴之间嬉笑打闹的愉快的叫声。

但兽舟不再移动了。

我发现是声音的关系，但不是美绪播放的声音。兽舟——美绪的"朋"——被从内陆传来的兽舟同伴的叫声吸引住了。

正当我担心这样下去会没完没了时，美绪突然高歌起来。她唱的不是流行歌曲，更不是古典歌曲，而是连接人和鱼舟——大概也是连接人和兽舟的唯一语言：掌舵之歌。

这是一首美绪绝不能在海上唱的歌，作为那时的惩罚，她被剥夺了唱这首歌的权利。我从未听过如此完美的掌舵之歌。老手们由于每天需要用歌声操纵鱼舟,所以他们唱的掌舵之歌不光能打动鱼舟,更能打动人心。像美绪这样没能拥有鱼舟的人,竟能唱得如此动听,一定是下了很大的功夫吧。明明无人教导,只能靠着自己的力量记住曲调——被剥夺歌唱权利的女子成为歌手,日复一日练习着歌唱。这一切,都是为了这一刻,为了和"朋"再会的这一刻。

兽舟们的叫声就像要将夜晚撕裂一般,响彻天地。它们在呼唤同伴赶紧登陆。但美绪的声音比这洪亮得多。

"一起回大海吧。"美绪这安抚"朋"的旋律,更为温柔,更有力量。

兽舟的脑袋不动了,它直勾勾地盯着美绪。成功了吗?正当我这么想的时候,兽舟用胸鳍攻击了美绪,把她拍倒在地。

回过神来时,我已经朝美绪飞奔了过去。可能是我下意识地下了开炮命令吧,在我跑到美绪身边前,移动式火炮的炮弹就击中了兽舟的脑袋和胸部。

如成熟的果实迸裂一般,兽舟的脑袋和身体里喷射出了漆黑的液体。兽舟如醉汉般东倒西歪,瘫倒在沙地上,发出一声巨响。

我从兽舟身体下面把美绪拉了出来。她身上被兽舟腥臭的血弄得黏糊糊的,但这些都无所谓了。正当我要做急救措施时,美绪睁开了双眼，用手抓住我的衣服。我靠近她的脸之后，她喘着气，在我耳边断断续续地说："谢谢你……让我最后任性了一次……"

"别说话了！"我吼了她。其实比起生她的气，我更生自己的气。为什么就不能早点飞奔过来？为什么不能像她这么充满血性？这样她可能就不会出事了啊！

其中一台人工智能体冲过来救我们。我抬起头正要发出指示，一幅怪异的景象映入眼帘，让我不寒而栗。

兽舟的尸体乱哄哄地蠕动着。就像是被遗弃在路边的动物尸体，内部孵化的蛆虫如浪潮般涌动。

最终，兽舟的侧腹整个裂开来，从内部掉落出大量黑色的小动物。它们的身体矮矮胖胖圆滚滚的，长着带关节的六条腿，既像野兽又像蜘蛛。其中几只仅用双腿站立起来，剩余的四条腿，仿若手臂一般摇摇晃晃地抬起。看不到它们的眼睛和嘴巴长在哪儿。它们发出了"啾啾啾"如鸟叫般的声音。在我听来，那似乎是在笑。

我从美绪右手里夺过匕首，几乎是同时，它们已经近到身前。我单膝跪地，朝它们乱挥一通。匕首划中了它们几次，但不确定有没有给它们造成致命伤。面对无数朝我袭来的黑色物体，我不停地挥动手臂。这些黑色的生物也毫不留情地撕裂并咬碎挡在我前面的人工智能体。然而，或许是意识到不可能继续这样周旋下去，它们突然如退潮般一下子全部离开了。大概是发现我们不可能成为它们的食物了吧。它们成群结队地往移动式火炮方向跑，飞快地爬上了临时帐篷后面广阔的斜坡，乱哄哄地冲开喇叭花叶子，消失在了前往内陆地区的路上。

我握着匕首，当场就累倒了。伤痕累累的人工智能体为了保护我们，依旧维持高度警戒，继续亮着感应器。

被美绪说中了。那巨大的身躯不利于它们上陆，所以不可能一直维持兽舟的样子。它们在海洋里慢慢改变了自己身体的构造。花上十年时间，应该也够它们改变了吧。起初上陆的只是一个皮囊，是用来搬运身体里那些生物的工具。它们肯定从一开始就没听进去掌舵之歌。是我们自作多情地对它们产生了感情。这就是报应。

躺在地上的美绪彻底闭上了双眼。不管我怎么摇晃她、拍打呼唤她，她都没再醒来。就算人工智能体对她实施救生措施，她也没有任何活体反应。

突然，耳朵里的无线电接收器传来上司要求汇报现场状况的声音。他似乎从其他人工智能体那里收到了汇报，已经察觉到了异常。我大致汇报了一下受损状况、牺牲者数量和临时帐篷的惨状之后，就切断了通信。

我下令让身边的人工智能体回帐篷，然后在沙滩上躺了很久。

我没有流下一滴泪。

唯有无能为力的挫败感，紧紧揪着我的心。

以后上陆的兽舟，肯定也和今天的一样吧，被攻击之后马上就会倒下，放出身体里的分身来。

让步赛理论——美绪确实是这么说的。兽舟知道一上陆就会遭遇炮击，所以它们记住了这一点，并考虑要利用这一点。它们开始朝能将分身分散出去的方向进化了。这其实也不奇怪。我们本想消灭它们，可对它们而言，等于是教会了它们单性生殖的手段。它们一定会将分裂时遇到的生物当作最初的饵食吃掉吧。

那些六条腿的生物，终有一天会遵照它们既定的进化程序，在内陆演化成和人类差不多的样子吧。这是朝着应有的方向进行的进化吗？还是说，对创造它们的人来说，这反而是一种退化？

它们是人类吗？应该被称为人类吗？它们会变回和我们一样的人类吗？

还是说会在与人类拥有同样基因组的基础上变为其他生物？会一直这么变异下去？

我拖着沉重的身体，慢慢从地上起来。

我又看了一次身旁的美绪。但不管我怎么看，她也没能再起来。虽然我心里很明白这点，但我握着美绪的手，久久没有放开。

我作为监视班的负责人，本该将美绪的死讯告诉她家人，联系家人来认领遗体。只要查询从她手背上读取的个人数据，就能知道她现在属于哪个聚落，和谁一起生活。没能从美绪嘴里听到的她这十二年来的生活，数据都能告诉我吧。

但是……

我走向了兽舟的残骸。费了好大劲切下部分鱼鳍，放到美绪的怀里，再用留在她手上的镣铐，将鱼鳍和她的身体紧紧固定在一起。

我抱起美绪的遗体，来到水边。海边会产生一股向外海流去的强劲水流，这被称为离岸流。我把水壶扔了出去，找到离岸流的源头后，就抱着美绪的遗体下了海。我在海里放下遗体，用力把遗体朝海流方向推了出去。

仿佛被看不见的神明之手抓住一般，美绪的遗体不一会儿就被卷入大海。她被闪烁着熏银般光辉的波浪吞噬，立刻远去了。不知为何，虽然我看不到她，但能切实感受到她离岸边越来越远。

我觉得这样更适合她。与“朋”一起回到海里，才是美绪的心愿。只要能和心中的信念一起离开就好。再也没有人会因你的罪行而责备你了。你所认识的“朋”，今晚已同你一道离去了。

离岸流最终会和曾被称为黑潮的激流汇合，远离陆地。前方正是有着成千上万鱼舟和兽舟洄游的壮阔外海，更是生物依旧不断发展变化的乐园。

我再也不会回去了。这辈子大概都要在陆地上度过。此生，我应该会痛恨兽舟、猎杀兽舟，至死方休吧。

还能听到兽舟的歌声从内陆传来。

这歌声，如同是给全人类的挽歌一般，延绵不绝。

茸*之道

我回望自己来时的路，发现已经看不到家了。

---

* 茸在日语中指菌类。

仿佛天公也在助长病毒的气焰似的，车窗外的天空灰蒙蒙的，阴云眼看就要从天上落下。估计要不了多久就会降下倾盆大雨，洗刷这整座城市了吧。

但这并非净化之雨。

而是会扩大受灾范围的灾祸之雨。

“马上就到检查站了。”驾驶座上的三村雄司说，“再往前就得步行了，不然车子会被污染的。”

眼前出现了一群工作人员，他们全身包裹着防护服，正一脸厌倦地在路障前踱着步。三村在前面停下车，工作人员立刻绕来了汽车旁边。我们打开车窗，掏出两个人的身份证。对方应该是事先收到了联系，很快就批准我们通行。

打开车门迈出去的一瞬间，我就产生了一种错觉——似乎有一股暖流注入了防护服。这使我不由得一阵战栗。我告诉自己:

不要畏惧，我戴了防护面罩，也穿了防护服，完全不用担心。

三村开口道："走吧。我目前的权限只能争取到很短的视察时间。"

我们横穿四十三号国道，往北走了约十五分钟，终于抵达阪神电铁的车站。车站周围空无一人。公交始发站里没有一辆公交车，商店街也阒寂无人。信号灯暗淡无光，广场上的梧桐树上也看不到一只麻雀。这条街陷入了一片死寂，如同时间静止一般，冷峭阴沉。路上堆积着一些细碎的残骸，只要有人经过，就会扬起白色粉末。过午时分，无比阴郁。这儿明明就是故土。此刻，我发现路边躺着两块褐色物体。或许原本是猫或者小型犬吧。它们干瘪得就像揉成一团的包装纸，皱皱巴巴，表面零星点点地长着一些白斑状的菌类。

三村一脸厌恶地斜眼瞥向这两团物体："这一带应该已经处理完了。"

"可能是之前藏在什么地方，现在才跑出来的吧。"我说，"也没必要怪那些工作人员，大家都尽力了。"

"也是。"三村重新振作般地念叨着，"抓紧时间吧。就算穿着防护服，这儿也不宜久留。"

我们又穿过一条国道，进入了公寓大楼和独栋住宅林立的区域。当我朝一栋房子看过去时，发现有人正从院墙上盯着我们。那人男女莫辨，也看不出年龄，只是从院子里伸出双手扒着院墙，直勾勾地盯着我们。那人的眼睛泛着浑浊的黑红色，皮肤仿佛覆盖着乳白色的鳞片一般，闪烁着奇妙光彩。我还是头一回看到。莫非这就是传说中的“幽灵”吗？

突然，我的鼻腔深处嗅到了一股有些清凉的甜味。这甜味就像是在煮过糖水的锅里滴入了一滴薄荷香精一般，令我十分怀念。

“别和它对视！”此时三村尖声阻止道，“不管它跟你说什么都不要回答！忍过去就好！”

当我们经过院墙时，只有双手和脑袋的幽灵保持着原先的姿势，迅速横向移动过来跟上了我们，还仿佛纠缠一般不停地在我耳边低声唤道：“救救我，救救我……”

我强忍住回头的欲望，一直盯着前方延绵不绝的建筑物，继续向前。

“快！”三村催促道，“幽灵变多了。”

我移动视线，想要回答三村，却不小心看到了院墙上不想看到的东西：无数白色物体正时而变大、时而缩小，嘴角挂着僵硬的笑容飞奔着。

它们的嘴里则永远只会重复那一句话：“救救我，救救我，救救我……”

三村问道:“你要是觉得恶心的话,要不要跑起来?”

“跑起来就能甩掉它们吗?”

“只要离开一定距离就行。它们看起来像谁?”

“目前还不像任何人。”

“要是它们的样子变成了你亲近的人,记得马上告诉我。这是危险的信号。”

大概一个月前,我在东京和就职于国立感染病症研究所的旧友松冈见了一面。这次见面时隔许久。我与松冈都忙于工作,大约已有十年未见了。

我当时提议去银座喝一杯,松冈却说:“能不能来我家?我有个秘密要告诉你,就算在餐厅包厢说都不太好。”

于是我来到松冈住的公寓。我们吃着我带去的腌河豚干,喝着京都产的美酒,开始叙旧。

没多久,不痛不痒的话题聊尽,我们说起了工作。

松冈问我:“你们公司对 AURI 症了解多少?”

“我们是制药公司,”我回答道,“只会对药效进行调查。其他就不太清楚了。”

“那你应该知道已经出现抗药性菌了吧?”

“是的。”

“这次情况很严重，估计国内有机化合物系的药全都无效，国外那些还没通过审批的药倒是不清楚。”

“那接下来就等新药了吗？希望到新药上市为止，受灾情况不要再扩大了。”

“我觉得还是趁现在赶紧逃到国外去比较好。”

“你说什么？”

“尽量逃去干燥的地方，找个不符合 AURI 症病发条件的地区。当然，也要做好放弃在日本生活的思想准备。”

我一边把玩酒杯，一边笑着说：“这种事是能往外说的吗？”

“是你我才说的。我知道你不会随随便便说出去。不过如果你想把这个消息卖给媒体也没关系，反正大家迟早都会发现的。我不过是想让你早点知道情况，早做准备而已。”

“你会逃吗？”

“会。我才不会和日本一块儿完蛋。你家人在东京吗？”

“对。”

“我记得你老家是御影的，在那儿有房子吧。”

“嗯。”

“那就趁早卖了房子，拿这笔钱当活动资金吧。趁一切还都来得及，赶紧告诉你父母。”

“你是认真的吗？”

“我之前去视察了九州，真是惨不忍睹。不过，很快全日本都会变成九州那样的。”

我就职于国内的制药公司，是个兵库人，不过如今在东京总公司附属的研究开发中心上班。

AURI症由一种新型真菌引起。病名取自木耳学名中的前几个字母。官方名称是“木耳状全身性真菌症”。正如字面意思，这是一种被类似于木耳的寄生菌寄生，且全身养分被吸收的病症。

寄生菌会形成一些褐色胶状的伞叶，这些伞叶上会附着一些类似人耳的白斑，只要让伞叶上的孢子飞散到空气中，它们就能不断增殖。它们喜欢将蛋白质作为营养来源，所以以人类为首的哺乳动物最容易受到感染。

感染者会浑身长满菌类，直至看不到分毫皮肤。如果放任不管，一般四到七天就会死亡。菌丝会透过眼皮，直接扎根在眼球之中，而菌类则会毫不留情地占领口腔、肠胃甚至肺部。外科手术根本无法彻底摘除这些菌类。

这种病症于一年前初次在日本确诊。其迅速的生长力和奇异的生态，一度让人以为它是某种生物兵器。不过，各国政府马上出面否认了这一谣言。现在，东南亚和南美也出现了患者。

对于这一病症，人们使用了抗真菌药进行治疗。一种药物并不能有效控制病症，故人们采用了合并用药的治疗方式。我的工作,就是调查哪几种药组合在一起最有疗效。

令人欣慰的是,合并用药的治疗方式很见效。一开始的恐慌迅速平息。不过,专家对此并不乐观,合并用药容易产生抗药性菌,有必要尽快投用新药。

最令人期待的新药是抗菌肽。它能扩大抗菌谱,在真菌的细胞膜上穿孔并攻击其 DNA,效果十分显著。但现行的抗菌肽进入血液会产生毒性,因而只能外用,还不能注射或者内服。国内外的制药公司针对其改良展开了激烈的竞争。

终于有一天,人们担心的事发生了:九州地区开始出现抗药性菌,合并用药的治疗方式对此完全无效。而目前还未出现任何新药已经完成的消息。

松冈隶属于国立感染病症研究所的生物活性物质部第一研究室。第一研究室主要研究真菌。由于菌类属于真菌类,所以第一研究室新建了一个专门针对 AURI 症的研究组。

"我是从临床那边转过来的,"松冈说,"现场状况马上就引起了我的注意,所以就去参加了视察。"

"九州那边真有那么严重吗?"

"没错。"

"我听说只要彻底烧毁了这些菌类,限制措施迟早也会解除的。"

“现在这状况想解除限制根本遥遥无期，除非像打仗时那样死命投放燃烧弹。而且，那些地区已经到处是‘幽灵’了，你觉得那幅光景，像人类这种拥有智慧的生物能忍受多久？”

那时，无论九州的灾情有多严重，东京这儿的人还能悠然自得地生活。虽然人们在街头采访或是闲聊时都会说“好可怕啊”“要是蔓延到东京估计要出大乱子了”之类的话，但知道其恐怖之处的人寥寥无几。

对此，人们反倒是乐此不疲地说着“AURI症患者死后会变成幽灵”这种怪谈。

“那是真的吗？”妻子也如此问过我。

“怎么，一把年纪了你还害怕幽灵吗？”

“我是不怕，可孩子们会怕啊。学校已经闹得沸沸扬扬了，有传言说东京这儿也看到了幽灵，这事儿都传开了。还有些孩子被吓得不敢出门了呢。”

九州的感染者被隔离在禁区之内，未受感染的人则被要求撤离。当这些抛下家人朋友离开的人们，依依不舍地回望曾居住过的城市时，在城市上空看到了一幅古怪的景象——橙红的天空中，飘浮着无数个透明的人影，如同燃烧的阳炎一般。幽灵们像是被长长的绳子绑在城市中的气球，又像是扎根海底、左右摇晃的巨型海草。它们在傍晚的天空中纷飞着，朝人们呻吟道：“救救我，救救我……”

呻吟声越过头顶，四处蔓延。与此同时，又有一些看不见的存在抓住离开者的脑袋，摇晃着他们的肩膀，纠缠住他们的身体朝他们耳边吹气。有的人抱头惨叫，哭号着“放过我吧”“原谅我吧”，捂着耳朵逃离了这个地方；也有的人露出扭曲的笑容骂骂咧咧。

来取材的媒体也目睹了这般光景，转眼间，这一冲击性的新闻就传遍了全国上下。相机没能拍到幽灵，摄影机也没能录到幽灵。然而所有在场的人都看到了幽灵的事实，加速了流言的传播：若是被寄生菌寄生，死后就会变成幽灵。无法进行除魔，死后也会一直被束缚在死去的地方，无法安息。

转眼间，这一流言就传遍了千家万户。

我当时觉得这流言实在是愚蠢至极。医疗工作者正在夜以继日地研究特效药，而群众却在不停地说着幽灵的话题，真够没事可做的。

国家电视台在报道时，用“浮游物体”代替了“幽灵”这个说法，并对为何人类会看到所谓的幽灵做了科学的解释。特别栏目中还提醒人们，不要上那些借幽灵之名进行通灵诈骗的人的当。

“电视台的解释就是以我们的研究成果为基础的。”松冈告诉我,“那种寄生菌会在感染者死亡二十四小时之后,向大气中释放挥发性的化学物质。这种化学物质的构造和神经肽很像,会让人类大脑突触过度反应。海马体、颞叶、枕叶 18 区和 19 区受到这种化学物质的刺激后,就会从记忆深处唤起‘人的样子’。幽灵的样貌会被随机替换成记忆中的人的样子,但印象深刻、最近接触过或是深爱的人的样貌更容易被替换到幽灵身上。也就是说,人们看到的幽灵未必是死者的样貌。听到了幽灵的声音或是感觉被幽灵触碰也是一样的道理。因为听觉和触觉也受到了刺激。”

“反应的强烈程度会因人而异吗?”

“对。这毕竟是大脑中的错觉。当然,这和菌类放出的化学物质浓度也有关。另外,在产生这些反应的同时,鼻腔深处还能闻到一股像是在煮糖的香甜气味,并感受到薄荷般的清凉。”

“糖和薄荷?”

“因为嗅觉也受到了刺激,所以会让人产生错觉,误以为自己闻到了这两种气味。有可能是为了掩盖尸臭。当然,也有人闻到的是其他气味。”

“但是,在研究室培育实验用的菌类,并不会出现幽灵,更没有这样的气味。”

“那是自然啊。在琼脂培养基或者老鼠身体上培养的菌类,和从人体上生长出来的是不同的。这和养殖的河豚不具有毒素是一个道理。”松冈咬着河豚干继续说道，“真菌会吸收人身上的所有养分。其结果就是，以此形成的物质，其复杂性远高于实验室培养的。培养皿的菌类是完全无毒的。而这些都是有权进入禁止区域、对遗体进行实际调查的国立研究机关才能了解的事实。出于安全考虑，一般家庭和机构只能举办没有遗体的葬礼。”

“可并不拥有智慧的菌类是怎么释放这样的化学物质的？”

“估计和食肉植物的反应类似吧。不是有很多即便没有脑髓，也能通过不同寻常的形态和反应抓捕昆虫的植物吗？菌类让人看到幽灵的原因只有一个，就是为了让感染者和未感染者接触。”

“是为了将孢子附着到未感染者身上吗？”

“是的。毒素的扩散范围比孢子的释放范围更广。它们让相隔较远的人也看到幽灵，并让那些看到幽灵的人来到自己的‘领地’。”

“如果是通过这种方式，肯定有人会因为害怕反而不敢靠近吧？”

“几次中只要成功一次就行了。人类可是恐惧与好奇心并存的矛盾生物。菌类就是运用这种巧妙的办法来扩散的。”

松冈沉默一阵，和我碰了个杯，继续缓缓说道：“政府的说明乍一看没什么问题。但是，有些地方解释不通。”

“比方说？”

“我在视察的时候去看了焚烧现场。感染者的遗体没有被抬出焚烧区域，而是直接在内部处理。这光靠火葬场是处理不过来的，所以遗体就被集中堆放在广场上，一次性焚烧了。并且，还以防止感染的名义禁止家人将骨灰带出去。政府允许相关机构任意处理遗体。”

“这件事好像引发了不小的抗议。”

“毕竟是个敏感问题。要在政府和民众之间寻找平衡点非常困难。灾情现场到处都是幽灵，不停地喊着‘救救我，救救我’。防护面具能隔离孢子，却不能过滤掉菌类的毒素。大概是在给遗体点火的那一刻吧，之前一直呐喊着‘救救我’的幽灵们，开始一齐惨叫。它们痛苦地扭曲着身体，叫喊着各种不同的内容：住手快住手！熊熊大火烧起来了！好热啊！爸爸妈妈好热啊！救救我！太热了别再烧了！要烧起来了别再烧了！”

松冈闭上眼低下了头，痛苦不堪地抬起手指抵住鼻根。

我不禁有些疑惑，松冈这家伙什么时候变得如此多愁善感了？常年从事临床医学的人，内心会因为这点事就动摇吗？还是说，现场的状况比我想象的更糟糕？

松冈继续说道：“空气发出隆隆巨响。看到我站在那儿一动不动，处理班的人员拍了拍我的肩，让我不要在意。他告诉我这也是幻觉，这些幽灵早就死了，已死的幽灵是不会感到热的。但我感受到了那些紧紧抱住我的手，还听到了那些在熊熊烈火中扭曲摇晃的幽灵惨叫着‘救命、救命，我还没死’。如果我能把这一切当作是菌类的毒素正在肆意玩弄我的大脑，让我看到那些幻觉的话，那眼前的景象也就没什么大不了了。不过，如果幽灵们是真的在说话。要是那些菌类并没有杀死人类，而是让人陷入了假死状态，和人类共存的话……”

“这从何说起？”

“AURI症患者乍一看好像死了，但他们的大脑说不定还有一部分活着。这些部分并非以人类的形态活着，而是菌类的菌丝和神经细胞交错，传递着种种信息。因此，幽灵们才能如此灵敏地对活着的我们产生反应。说不定它们是将感染者作为活体传感器，因此才能感知到我们正在接近它们，同时还会据此控制它们放出的毒素分量，以便让我们看到‘最合适的幻觉’。”

“你有什么证据吗？”

“现在这还只是我的空想。我称它为空想，是因为我听到的那些幽灵的惨叫声太逼真了……不过，就算能找到证据，真相也会被无视吧。”松冈如是补充完，又问，“你在九州还有认识的人吗？”

“没有了。”

“是嘛。不过，总有一天其他地方也会变成禁区的。到时候，这些地方也会采取我之前看到的那些措施吧。你最好做好心理准备。就算你知道了这一切,也无能为力。”

松冈是个很可靠的人,但这次他给我的忠告还是让我很疑惑。逃去国外非同小可,并非能轻易下定决心。而且目前世界各地都在研究抗菌肽。新药一成功,就能获得巨大的收益,所有的大型制药公司都在不遗余力地研发。到时候,国内的审核应该还需要不少流程,不过进口药倒也不是不能用。要不再等等吧?

现在想来,当时的我应该是疲于工作,导致作为生物的求生本能变得十分迟钝了吧。松冈好心给了我一个忠告,我却选择对此持保留意见。

在和松冈喝完酒之后没多久,厚生劳动省[①]宣布在九州地区得到控制的抗药性菌,突然出现在了近畿地区。

针对这一情况的原因,流传着种种猜测。有人猜测是强风将这种真菌吹到了别处,也有人猜测是受到感染的鸟类飞来了本州,更有人猜测是离开禁区的人身上携带了这些真菌……无论是哪种猜测,听起来都有几分道理。反正大家都觉得发生这些是早

① 日本行政机构包括以内阁总理大臣为首的内阁府,和以各国务大臣为首的总务省、法务省、外务省、财务省、文部科学省、厚生劳动省等。

晚的事情，第二个AURI症爆发点在近畿地区也只是恰巧。

但也因此，我的父母和妹妹都感染了AURI症。我被禁止进入禁区。父母打来电话，多次恳求我，至少把妹妹带出禁区。电话里，父母说："既然是一家人，你就想想办法吧。"禁区里的医院已经满床了，大部分人都被要求在家治疗或者等候治疗。而我的父母和妹妹已经出现了感染的初期症状。

我托了所有能托的医院关系，想走个后门，却被一句"既然是相关人员就更明白AURI症的可怕之处，更应该理解概无特例了吧"断绝了念想。

终于，老家也突然不再打电话给我了。大概是政府开始实施信息管制了吧。这令我坐立难安，因为老家的事与妻子争吵不断。我每晚都能梦到还活着的父母和妹妹被大火焚烧的惨状。

在禁区内开始实施焚烧处理后不久，我突然接到一个自称是感染对策总部工作人员的男子的电话。我对这通姗姗来迟的电话十分气愤，但男子的提议却让我瞬间心驰神往——

"这不是一个正式行动，但我有办法可以去禁区。虽然不能把感染者的遗物带出来，但至少可以去自己家里看看。"

我就是这么认识三村雄司的。

到这时候，我才知道他准备和我妹妹结婚。他们从三年前开始交往，正想要将结婚的喜讯告诉父母时，就遇上了这次危机。他知道我妹妹已经过世了，但他觉得妹妹很有可能还留有一些书信，所以想去我老家看看。

三村十分冷静。为了把我妹妹救出来，他用尽了一切手段，但最终没能成功。我能感受到他身上那种和我一样的绝望，那种眼泪流尽后彻底崩溃之人特有的冷静。

我问三村，喜欢我妹妹身上哪一点。

“应该是那种两个人之间既有相似，又有不同的地方吧。”三村答道，“和她说话，总能让我感觉豁然开朗，她让我了解到世上还存在着另一种可能性……高野先生对绘里花怎么看？”

“有些少年老成吧。她总让我觉得我这个哥哥不像哥哥。毕竟不能打骂妹妹，所以躲起来偷偷哭泣的总是我。小时候身边的人经常说我们不知道谁才是年长的那个。”

“看来她有时候还挺强势的嘛。”

“她只不过是在你面前假装柔弱罢了。结婚之后她早晚会暴露本性的。”

三村露出个苦笑：“还真想见见那样的绘里花啊。不过，她已经永远地离开了……”

我家所在的区域好像已经被彻底消了毒。但即便如此，要进入其中，还是需要穿上防护服。

我问三村:“那一带应该不会再出现幽灵了吧？”

三村则是惊讶地问我:“你害怕幽灵吗？”

“以前不怕。但现在有些怕起来了。”

“就算遇到了幽灵，它们也不会对我们造成伤害的。”

我话中的真意似乎没能传递给三村。我若无其事地探了探他的口风，发现他并不负责现场处理，只是和上级一起去现场视察过，因此对幽灵并不怎么恐惧。

幽灵的真身如果真如松冈所说，那我都能猜到，只要接触到菌类的毒素，我们就会看到什么听到什么了。当内心的恐惧幻化成具象出现在眼前时，我真的能承受住吗?

三村对我说，只要谎称此行的目的是调查，他就能得到进入禁区的权限。但时间非常有限，最多两三个小时。不过，只要我们选择最近的检查站，应该就能去到老家的房子了。三村坚定地告诉我，谁都阻止不了他。我仿佛被他的决心所吸引似的，也下定决心和他走一趟。我心想:最后再回老家一趟，估计就能彻底死了心，再也不做噩梦了吧。

我们往城市里面走，到处都能看到些许幽灵。虽然不像刚踏入禁区时那么夸张，但电线杆和院墙后面常能看到和人一般大的幽灵朝我们这边张望。可能由于菌类毒素的分布不同，我们看到的幽灵也会随之改变。

“它们还真是无处不在啊。”我对三村说，“你不觉得奇怪吗？明明已经消过毒了。”

“说不定这里的环境很适合菌类生长。因为带庭院的独栋住宅很多，在潮湿的地方，就算没有遗体它们也能生长吧。”

“但我还是有些在意。”

“都来到这儿了，你还想反悔不成？”

“我不是想反悔……”

在意的东西我始终会在意，小心为上总不会错。但我不想和三村争吵，所以并没有再解释什么。

终于，我们来到了老家的房子。房子的外观并没有什么变化。原本我担心屋子可能会被强盗或小偷弄得一团乱，却没想到金橘树和南天竹依然长势喜人。这番原本的面貌，反倒使我有些泛泪。

我问三村：“你是头一回来这儿吗？”

“是的。虽然我一直想来这儿拿点能留作纪念的东西，但始终没能成行。”

“听说有一部分骨灰流到了外面。大概是有那些专门把骨灰做成钻石的公司，偷偷按照遗属的要求将骨灰做成钻石。虽然不知道他们是怎么进入禁区的。”

“听说有些人会等到深夜偷偷闯入禁区，去那些空无一人的房子里偷值钱玩意儿。这些人应该有很多路子能进入禁区。孢子可能就是附着在这些人身上，传播到外面去的吧。”

玄关的门锁已经被毁了。应该是工作人员为了进屋确认父母和妹妹的遗体，才撬坏的吧。

进入屋子后，回忆便一阵一阵向我袭来。这是我如今每年只会带着孩子回来几次的故乡。我很想再次赤脚感受走廊与和室榻榻米的触感，却不能在这片被污染的地方脱掉鞋子。虽说是为了保命，但穿着鞋子走在几年前才重新装修过的屋内还是让我心情烦闷。

一楼的厨房和客厅都收拾得一尘不染，给人一种在门口喊一声，父母和妹妹就会出现的错觉。我本想再去看看起居室，但三村催促着想去看看妹妹的房间，所以我们径直朝二楼走去。

在童年记忆中又小又窄的楼梯，现在已经装上了扶手，改造得十分宽敞，且变得防滑。正当我们上楼时，三村“啊”的一声叫了出来。我朝着他手指的方向看去，顿时屏住了呼吸。

父母和妹妹就并排站在楼梯上方，表情安详温柔。他们与我们一路走来看到的令人恶心的幽灵完全不同。

“绘里花……”紧握住扶手的三村嘴里嘀咕着妹妹的名字，我则推开他一口气冲上了楼梯。正当我伸出双手，试图触碰三人身体的瞬间，他们的身体便如同融入了空气一般，朦胧消散。

鼻腔深处闻到了一股掺着清凉感的甜甜香味。这香味就像是在煮过糖水的锅里滴了一滴薄荷香精一般，令我十分怀念。

我对呆呆站在楼梯下方的三村说："你那个位置还能看到他们三个人吗？"

"……三个人？"

"我父母和我妹妹。"

"我只能看到绘里花一个人。并没有看到你父母。"

只有妹妹？

一开始我觉得十分奇怪，不过马上就反应了过来。三村并未见过我父母，幽灵在他眼里根本不可能变成素未谋面之人的样貌。

我继续说道："从你那儿都能看到什么？"

"有那么一瞬间，高野先生和绘里花的身影重合在了一起，但绘里花很快就消失了。你那边现在还能看到她吗？"

"不，已经看不到任何人了。你上来吧。我带你去屋子里转转。"

三村上楼之后，我先打开了妹妹的房门。八叠[①]大小的西式房间和楼下一样，打扫得一尘不染。三村来到书架旁，将所有的

① 在日本，房间的面积用榻榻米的块数来计算。一叠榻榻米的面积通常为一点六二平方米。

日记和相册都抽了出来，迫不及待地翻看起来。穿着防护服的三村戴着手套做这些动作并不方便，这使他有些焦躁。他这股如同强盗般的拼命劲头，让我有些无法直视，我只好转头环顾房间里的墙纸。

终于，三村开口了。他递过一本记事本给我。泪水从他眼里落下来。他没法拭去防护服里的泪水，只好任凭眼泪濡湿了脸颊。

“我找到了。”三村声音沙哑地说道，“他们给我们写了留言。”

我接过记事本，视线落在了其中一页上。

父母和妹妹分别写下了他们的留言。留言并没有什么特殊的内容，只在最后写着：真可惜没能再见上一面，希望你们能好好活下去。

我把笔记本还给了三村，三村将它紧紧抱在胸前，双膝跪地，痛哭流涕。他扭着身体，声音嘶哑地呜咽道：“对不起，都怪我没赶上，原谅我吧……”

我愣神地看着三村，有些后悔来到这儿。虽然原本也是我自己想来的，但没想到此行会令我感受到如此浓重的悲伤。此时此刻，即便痛声哭泣也无济于事了。

我把三村留在妹妹房间里，一个人来到了走廊。

正当我准备下楼时，我看到了走廊一角的人影。

是父亲的幽灵。

他穿着黑色的和服外套，伫立在日式拉门前，直勾勾地看着我。他慢慢举起一只手，上下摇摆着示意我过去。我马上跑了过去，但他的身影却消失了。

我在日式拉门前犹疑了好一会儿。

他刚才的手势，是在指这个房间吧。

二楼另一个房间是客房。那原本是我的房间，但现在已经整理出来，变成我带孩子回家省亲时临时居住的房间了。

为什么这个房间前会出现幽灵？

我把手放在日式拉门的金属把手上，但拉门怎么也打不开，就好像被粘在了地板上似的。它纹丝不动，仿佛在告诉我：不准进这个房间。

这怪异的现象令人愈发好奇，想将拉门打开。

大脑给出了危险信号。在遗体已被搬走的家里看到了幽灵，就证明这里一定还有其他能让真菌寄生的存在。大概是寄生在了之前养过的猫身上，或者没彻底处理的食物或是垃圾上了吧。如果是寄生在蛋白质上，那它们释放的毒素成分应该也差不多。来这儿之后，我满脑子都是父母和妹妹，所以看到他们的幽灵也不算稀奇。

尽管如此，我还是没能下定决心离开。我想起了松冈对我说过的话——人类可是恐惧与好奇心并存的矛盾生物。真是一针见血。虽然内心某处已经响起了警报，但我就是迈不开脚。

我更加用力地拉着拉门把手。三村不知什么时候站在了我背后，和我一起拉拉门。他已经不再哭泣，而是和我一起用力，想打开这扇门。

“咚！”伴随着一声巨响，拉门破了。房间里喷射出了白色尘埃。直觉告诉我这些白色尘埃就是孢子，所以我马上往后退了几步。下一秒，我便闻到了一股前所未有的强烈香味——掺着清凉感的甜甜香味。这香味就像是在煮过糖水的锅里滴入了一滴薄荷香精，令我十分怀念。与此同时，我的视线一下子被横倒在室内的东西吸引过去，久久无法移开。三村的惨叫声萦绕在耳边。和室里有三组棉被，上面长满了寄生菌。点点白斑和黏糊糊的褐色伞叶，如同扭曲的人耳，又如同马上就要吐出不祥话语的邪神的嘴巴。

我的大脑一下子宕机了。即便不走近看也知道，躺在被子里的是什么。

为什么父母和妹妹的遗体没有被搬出去？

他们被真菌寄生，身上的养分被吸食净尽之后，为什么不对他们进行任何处理，而是放在这儿任他们自生自灭？

是回收失误吗？还是回收的工作人员实在是忙不过来了？

或者说，是有其他原因？

放任不管的遗体成了完美的菌类温床，它们将孢子释放在整个房间里，不停地繁殖着。连拉门下的卡槽里都积满了孢子。

被子上出现了父母和妹妹的幽灵。母亲穿着淡紫色的条纹浴衣，妹妹则是穿着一条向日葵图案的白色连衣裙。那应该是某年夏天的回忆吧。三人叫着“贵史、贵史”，父亲甚至微笑道：“终于来啦，快过来！”

三村突然失神地向前走去，我马上抓住他的手，想把他拉回来。

“不行，可别被它们骗了。”

“绘里花在对我说谢谢我能来见她。”三村带着哭腔说道，“真庆幸我来了，果然没有白跑一趟。”

“你在说什么啊！我根本没听到她在说这些啊！”

“我要留下。”三村继续说道，“看了日记和相册、听到绘里花的声音之后，我就明白我再也离不开这儿了。”

“你胡说什么！你留下就等于是白白送死啊！”

“我知道。但我撑不下去了。”

“这一切都是幻觉！它们不过是幽灵罢了！”

“是吗？可我不这么想。我能感觉到，躺在被子里的三人都还活着。高野先生也和父母说说话吧。这样你就能明白我的感受了。大家都还没死。只不过是菌类的菌丝连接着脑神经，并和全身细胞缠绕在了一起——他们只不过是变成了另一种生物，一种与我们意识相通的生物罢了！”

“你清醒点！我们在这个房间里吸入了大量的毒素。你的所见所闻，全是你自己内心所想的，并非外界真实的样子！”

突然，三村甩开了我的手。他解开了自己防护服上的密封拉链，露出脑袋，像要撕破袖子一般将双手拔了出来。这套保护他生命的防护服，就如同蛇皮一般被三村扔在了脚边。

我愣住了。三村却一脸神清气爽，仿佛灵魂得到了救赎。他笑着对我说：“你还记得回去的路吧？”

三村跑向妹妹的幽灵，双手抱紧了它，直接趴倒在了长满菌类的被子上。他四周飞舞着无数孢子，给人一种时间在那一瞬间变慢了的错觉。妹妹露出了我未曾见过的笑容，父母也笑了起来。我无比愤怒，将三村撞离了被子，并一个劲儿地踩着脚下的菌类。脚底传来了恶心的触感，但我依旧毫不脚软地疯狂踩着这些恶心玩意儿。三村死死抱住我的脚，惨叫着让我住手：“你知道你自己在踩什么吗？知道你踩烂了什么吗？”

我知道！这些我当然知道！但是……我的记忆如同烟花般炸了开来，散落到脑海的每一个角落。夏日的回忆，儿时的回忆，菌类的毒素让这些回忆变得尤为鲜明。即便是悲伤，甚至是后悔的情感，也嵌上了金丝边，被渲染得分外美丽。我就是讨厌这一点，对这一点深恶痛绝。悲伤就是悲伤，我不需要用任何虚伪的假象去掩盖悲伤。

我一脚将碍事的三村踹开，之后也不再去踩碾那些菌类了。我什么都不想看，也什么都不想说，只记得自己感到极度恶心，逃也似的冲出了房间。我跑下楼梯，连滚带爬出了玄关，直接跪在马路上，双手撑地，大口喘息。眼前有一片黑压压的云朵转来转去，我感觉自己整个人就像是被鬼压床了似的，拼尽全力才发出些许不成声的喊叫。

在地面和双手的空隙里，如人偶般、小小的妹妹摇摇晃晃地冒了出来，用小孩的声音叫着“哥哥”。我立马纵身跃起，像驱赶飞蛾一般挥着双手，驱赶妹妹的身影。之后，防护服里缓缓升起了巨大的人类脑袋。它逐渐一分为三，变成了父母和妹妹的样子。他们用双手抚摸着我的脸颊，抓着我的身体一个劲儿地晃着我，嘴里还不停地重复着同样的话：“贵史、贵史，为什么不来救我们？我们不是一家人吗？”

我闻到了一股强烈的糖香味和薄荷味。

我拼尽全力，飞速逃离了家。

我喘不上气来，倒在了路边。父母和妹妹的幽灵不知何时消失了，但我能感觉到他们正触碰着我的全身，这感觉每次都让我一阵战栗。

我回望向自己来时的路，发现已经看不到家了。

三村应该已经在那里变成菌类了吧。菌丝会以惊人的速度吞噬他的身体，将他变成“幽灵的温床”，呼唤其他人。对他来说，即使变成那些吸食妹妹血肉的菌类也无所谓吧。某种意义上，他与妹妹合为了一体。

此刻我才想起来，来到这儿之前幽灵出奇地多。估计周围那些房子里有不少像三村这种被引诱过来的人的遗体吧。那些为情所困，想再看看自己的家、回来带些遗物的人，就是这样被那些寄生在某些东西上的菌类所引诱，最终被吞噬。

此刻，我才意识到那菌类和幽灵真正可怕之处。

有一点松冈没有提到。

菌类让人看到的幽灵，以每个人的记忆为基础，进行了夸大和理想化的处理。恶心的东西会显得更为恶心，恐怖的东西会显得更为恐怖，而深爱之人会显得更令人怜爱。父母、兄妹、恋人、婚约对象。只要生而为人，就一定会有致命的缺点和不堪的一面。日常生活让我们对此了解得非常透彻。

而在记忆之中，一切都进行了夸大和理想化的处理，增添了滤镜。很多人会无条件地产生年轻时代或青春岁月非常美好的错觉。真菌为了引诱新的食物送上门，利用了大脑的这一机制。

松冈，那天你究竟看到了什么？在熊熊大火中苦苦挣扎的幽灵究竟是你的什么人？一定是不能对我说的人吧。现在我终于能明白，你为何会如此动摇、饱受折磨了。

寄生菌总有一天会借着风雨席卷全日本。到了那一天，设立禁区将变得毫无意义。菌类的毒素淤积之处，就是幽灵出现之所。整个日本都会布满幽灵。那时候，人们听到幽灵的声音，就会受其引诱，奋不顾身地前往，甚至还会出现像三村那样，明知是幽灵的温床还要扑上去的人吧。

为了逃离禁区，为了回到在东京等着我回家的妻儿身边，我低着头继续前行。

不过，刚才暴露在了高浓度的毒素之中，想要平安无事地回去还需要不少的体力。

因为回去的路上还有很多幽灵在等着我，那还不会落下雨点的厚厚云层里，不少幽灵正朝我挥手，并喊着“救救我，救救我”。

那些幽灵都有着我父母、妹妹、三村和妻儿的样貌。

款待

它正全身心地抵抗着
来自黄泉的款待。

贵幸每次出差都会选择同一家商务酒店。酒店距离 JR 车站需要步行八分钟。总是选择这家酒店倒不是因为方便，也不是因为它多实惠，只是再找别的酒店太麻烦了，而且这家酒店的价格正好在差旅预算范围内。

此时已是微风中混着清爽新叶气味的时节，贵幸为了参加总公司的会议，来到了东京。正当他来到以往常住的酒店准备登记入住时，前台员工却对他说："真是不好意思，因为我们的失误，没有为您预留主楼的房间。作为补偿，让我们为您准备一间副楼的和式房间如何？"

贵幸并不了解副楼的情况。听前台员工说，副楼的房间比主楼更加高级，而且不需要添补房费。这会儿再去找别家酒店入住也挺麻烦的，贵幸索性接受了对方的建议。毕竟，根据不同状况做出最优选择也是贵幸的义务之一。

穿过通往副楼的长走廊，视野豁然开朗，贵幸来到了一层整齐排列着格子门的楼层。门旁挂着“桔梗”“红叶”等字样的门牌。贵幸看了看自己钥匙上的名牌，推开了房间“百日红”的门。进入玄关，一阵榻榻米的香气扑面而来。贵幸脱下鞋进入房间的瞬间，禁不住感叹了一声。

这房间有三十多平方，原本应该是多人间。家具都是嵌入式的，所以看上去更大了。壁龛上挂着一幅水墨画，旁边是一口正在缓缓走动的金色镂空座钟。

面朝院子的拉门那头便是门廊。视线越过门廊就能看到整个院子。就其大小来说，或许称为庭院更为妥当。贵幸举目凝视，透过院中树木的间隙看到远处水面上粼粼的波光。看来庭院深处还有一汪人造池塘或者小河。

回到室内，贵幸将西装外套放在抽屉柜上，座钟就响了起来，告诉他此刻已是傍晚六点了。贵幸准备在晚餐前先去泡个澡，便走进更衣室褪去了衣服。

他单手拿着毛巾打开浴池场的门时，又不由得感叹了一声。有淋浴蓬头的浴池场里使用的竟是扁柏质的浴池，室内深处还挂着竹帘，穿过竹帘便能进入院子。

贵幸挽起竹帘。下方的露天浴场正冒着阵阵雾气。庭院里有露天浴场是多么优雅的一件事啊！更不可思议的是，露天浴场并非完全封闭。浴场两端各有一处断口，大小可供一人通行。两条水渠通向院子深处，应该是为了引入温泉水并排出废水吧。这样的构造实属罕见。

贵幸在淋浴间将身体冲洗一遍后，走向露天浴场。他打算将在扁柏材质的浴池里泡澡这件事留待睡前慢慢享受。他来到院子里，天色已然逐渐昏暗，天空中出现了些许星星。浴场里的水不热不凉，对贵幸来说温度正好。可能是院子里的树太高了吧，斜躺在浴场里，整个视野里便全是酒店的景色。贵幸不敢相信自己居然身处东京，这一切叫他以为自己瞬间移到了地方上的温泉圣地。不知道是不是错觉，他甚至觉得空气的味道都变得不同于往日了。

贵幸将毛巾放在浴场的边缘，起身走向水渠。他探出脚来试了试，感受到了流向外面的水流。叫人意外的是，水渠还挺深。贵幸试着下到水渠，水没过了他的肩膀。突然，一股水流将贵幸的身体抬了起来。他便仰躺在水沟中，任由流水将他冲走。

水流通往院子深处，蜿蜒穿梭在青翠茂盛的金桂和山茶花之间。而松木的香味则钻进了贵幸的鼻腔深处。即使是黄昏时分，水流旁盛开的鸢尾花那鲜艳的群青色也冲击着贵幸的视觉。

终于，温泉水的水渠在如湖泊般广阔的地方与其他河流汇合了。从门廊看到的水面似乎就是它了。这一带已经彻底暗了下来，天空中一如既往升起各个星座。贵幸这会儿不再浮在水面上，而是静静地沉到了水底。他手指的关节吧嗒一声分解开来。接着，是手腕、手肘、肩膀，直至两只脚的关节，最后躯干和脑袋也分解开来。分解的部分并没有四散零落，而是被看不见的线连接着似的，漂浮在水面上。贵幸感觉，若是连带这些切面都好好清洗的话，就能将留在体内的所有脏东西都彻底排出体外了。

突然，贵幸想起了他刚来到这个世界时的事。这是一段只有触觉的记忆。贵幸是人工智能体，作为一个像人、却不是人的存在来到这个世界。对于那残存在记忆中的些许出生时的记忆，贵幸觉得无比怀念。

过了一会儿，贵幸的身体再次连接起来，浮出水面。不知何时，贵幸从温泉的湖面回到了水渠当中。出现在他眼前的，是之前的露天澡堂。看来是他随着流水出去荡了一圈又回来了。贵幸抓起先前被他放在澡堂边缘的毛巾，跨出了浴池。

贵幸在更衣室仔仔细细地擦干身体，穿上纱绫图案的浴衣，回到榻榻米房间。饭桌上已经摆好了晚餐，有蔬菜、生鱼片、味噌汤和烤鱼。阵阵香味刺激着贵幸的胃。贵幸用遥控器打开电视，调到新闻节目，坐到了餐桌前。

在他打开饭钵的时候，突然觉得后背似乎有什么活物。他一回头，发现房间角落坐着一只猫咪。蜂蜜色的身体上，是焦茶色的竖条纹，条纹延续到了尾巴上。

“你该不会是……”贵幸瞪大眼睛道，“竖条儿，是你吗？”

竖条儿是贵幸养的猫。对于法律规定不能拥有家人的贵幸来说，这只猫是唯一被允许与自己一起生活的对象。当然，它并不是真正的猫。人工智能养的猫咪，自然是和本人同样材料制作而成的人工智能猫咪。

贵幸来到房间角落，抱起了竖条儿，随后回到餐桌前盘腿坐了下来。竖条儿是在两周前突然不见的。可能是遭遇了车祸，或者被虐杀了吧。毕竟，现在还有一些人类看到人工智能体就会表现出杀意。贵幸一直忧心不已，因为他的探测器并不能检测到竖条儿究竟是活着还是死了。但既然现在看到了它，就说明它此刻应该在哪个地方，和自己处于“一样的状态”。

竖条儿乖巧地缩成一团。贵幸扒拉了点烤鱼下来，放到它嘴边，可竖条儿不领情，根本不吃。当贵幸要吃烤鱼的时候，竖条儿又用前爪使劲拍打着贵幸的手臂，像是要阻止他似的。随后，它从贵幸手臂的空隙处钻了出去，跑向房间入口。它拉长了身体，用爪子拼命挠着格子门。

竖条儿不是在磨爪子，而是在表达“放我出去”。贵幸对它说：“不能出去哦。机会难得，我们好好休息休息吧。这么多年，我累了。为了那些任性妄为的人类，我毫无怨言地工作了几十年，也可以好好休息休息了吧？你觉得呢？”

竖条儿继续挠着格子门，还回头望着贵幸，激烈地哀叫了好几声。这在贵幸听来，似乎是竖条儿在呼唤自己一起出去。顿时，贵幸感受到了一阵锥心的刺痛和寂寞。

为什么你一定要回去呢？不能就这样留在这儿吗？

竖条儿忠实展现着植入体内的猫咪本能，拼尽全身力气般地挠着格子门。只要尚在人世，它就一定会选择活下去。它正全身心地抵抗着来自黄泉的款待。这强烈的抵抗，似乎在责问贵幸的选择一般。

电视上的新闻节目主持人正在播报新闻。两个大国正因被称为“亚洲火药桶”的海峡发生军事冲突。这次冲突波及了周边诸国。日本的主要城市也发生了恐怖袭击，到处都上演着惨剧。

贵幸记忆的一角闪现了某个光景。这是最近的记忆，是他来这家酒店之前发生的事。一切都在崩塌，在燃烧，消失在灰烬之中。他被灼伤了双眼和皮肤，正在坠入无尽的黑暗之中。

贵幸并不想回去。为什么我们不得不回到人类肆意发起的战争和悲惨的现实当中去？要是回去了的话，我们又会为了参战而被改造吧。他们会改写公司员工版本，直接修改为战时特别功能版本吧。人类的法律，是不会保护我们这些人工智能体的权利的。

那我还不如留在这儿，泡着温泉，闭目塞耳。住在其他房间的真正的人类，一定也是这么想的。他们应该更加清楚——人类的现实已经没有任何回去的意义了。

在这里休息完后，我们会跨越绵延不绝的河流。虽然直到最后都和人类走在一条路上让人有些恼火，但露天浴场确实让人心情愉悦，就这样吧。

竖条儿还在激烈地挠着格子门，没有停下来的迹象。贵幸没再理会竖条儿，径直去享用起了自己的晚餐。他静静地将筷子伸向这一桌香气扑鼻的美食。

虽然不能和竖条儿一起令贵幸有些悲伤，但看到竖条儿这么拼命地想逃出去，他又不忍挽留。竖条儿可以选择它想要的生活，贵幸也会选择自己想要的生活。

地底传来了远雷般的隆隆声，呼唤着贵幸，还传来了无数的求救声。

贵幸并未理会，而是陷入了无尽的沉默。

真红街

正是这诸多纷争，让真红街的人类和妖怪得以共存。

终于找到了一个能歇会儿的地方，却难以入眠。

邦雄躺在廉价旅馆老旧的床上，不知道翻身了多少次。身处这片黑暗之中，没有任何东西能抚慰他的心灵。连床单刚洗过的触感，也让他焦躁不安。只有隔壁床五岁小女孩那安稳的呼吸，让邦雄感到些许救赎。追兵不会追来这条街。这儿是让所有人恐惧和忌讳的地方，也因此让邦雄稍觉放心。但考虑到将来，邦雄就被一种做什么都为时已晚的忧愁情绪所笼罩。

一个不到三十的男人带着五岁的孩子逃离了自己的岗位，舆论绝不会说出什么好话来。所以不能回以前的单位了。接下来要何去何从？还能逃到哪里去？邦雄正苦恼着这些问题时，远方传来了奇妙的声音。一阵起锈铰链嘎吱作响声直冲神经。是从外面的大马路上传来的。

邦雄悄悄下了床，将窗帘拉开一道缝，俯视几十米下方的人行道。只见昏暗夜色中的道路上，一个怪异的东西正在靠近——巨型木头车轮，正慢悠悠地在漆黑的马路上滚动着。车轮上绕着宛如游蛇的青白色火光，每一次滚动，都如同彗星般拖起长长的尾巴。

车轮上还有一个女人，头发盘得很有古典风情，身上穿着一身金织锦的和服。即便全身被青色火焰包裹着，她的表情也十分淡定。不，她甚至和火焰融为了一体，像是在逗弄火焰似的。

邦雄感觉后背一阵凉意。下一秒，女人的视线就如箭矢一般投向自己。女人扬起红唇露出个笑容，紧接着邦雄就听到耳边响起了女人娇媚的声音："与其看着我，倒不如看看你的孩子。"

邦雄瞬间回过神来，转头看向房内。本该安睡在床上的孩子不见了。邦雄找了又找，却始终不见孩子的身影。他再次来到窗边，此时车轮上的女人已经消失了。

邦雄冲出房间，奔向一楼大堂。他直接拿拳头砸向桌上的按铃，一名中年男性接待员从里面走了出来。

邦雄颤抖着把刚才所见的景象告诉了接待员，还告诉他原本睡在房间里的孩子凭空消失了。接待员的脸色沉下来："这里确实会发生这样的事，您大意了啊。"

"我只不过朝窗外看了看而已啊！"

"他们不是按照一般人的常识行事的。"

邦雄双手抱头，趴在了柜台上：“请你告诉我，要怎样才能找回孩子？你既然住在这儿，应该知道些什么吧？”

“你可以去问问‘找人专家’。”前台接待员拿起笔，在备忘录上写下了电话号码和地址，“你去这个店里看看吧。不过今天已经打烊了，明天开门时间是傍晚六点。你就跟那里的老板说，让你见见百目。”

“这个百目就是‘找人专家’吗？”

“是的。对方未必会接受，但只要肯花钱，对方还是很靠谱的。”

邦雄紧紧握住前台接待员给他的纸。现在只有这一条路可走了。

邦雄焦急地在房间一直等到了第二天傍晚。他心中满是懊悔，也因自己的愚蠢而失魂落魄，完全没有心思看电视跟报纸，连饭都吃不下。

终于，西面的天空慢慢浸染了一层粉色，邦雄走出酒店。太阳绽放着如火炉燃烧般的光辉，在高楼之间缓缓下落。前方，能看到朱红色建筑群。这道辟邪的朱红色，正是将整条街包围起来的“高墙”。沐浴着夕阳的朱红色建筑物，此刻显得更为红艳，仿佛涂满了鲜血的墓碑。邦雄呆呆地站在原地，出神地望着眼前的景象。

初夏微热的风儿吹过这条街。邦雄不停地走着，视线并不与那些迎面走来的人相交。可能是时间还早吧，街上大都是普通人类。但邦雄一想到昨晚发生的事，和人擦肩而过时，身体就会不由自主地一缩。

他来到纸条上写的杂居大楼后，顺着楼梯往地下走，推开了店门。店里充斥着一股潮湿苔藓的气味。这味道并不令人皱眉，反而有股奇妙的淡香。邦雄张望了一圈，视线最终停留在了收银员侧面放着的香炉上。

店里已经有五六名客人了。这些人没有在意邦雄，只顾着谈笑风生，喝着起了一层泡沫的美酒。

邦雄在吧台边上坐了下来。体格强壮、凶神恶煞的店长问他："您来点什么？"

"我想见见百目大师。能否替我接洽一下？"

"是委托吗？"

"对。"

"百目六点半左右会来，但不能保证一定能帮到您。"

"我知道，酒店前台也和我说过。"邦雄祭出了酒店的名字。店长脸上露出了猜到是谁把这家店推荐给了邦雄的表情："您住的酒店真不错。换成其他酒店，可不会告诉您我们这家店。"

邦雄觉得只是等在这里有些失礼，便点了杯啤酒。当那细腻的泡沫沾到邦雄嘴唇时，他感受到一丝饥饿，所以又点了炸串。而炸至金黄的鱼和蔬菜进了邦雄的嘴后，沁人心脾的美味令邦雄更觉饥饿。邦雄正准备再点些什么时，店门被打开了，有人走向了吧台另一边的座位。邦雄下意识地转过去看了眼对方，拿着炸串的手立刻顿住了。

眼前是个令人眼前一亮的女人。她穿着一条黑色无袖长款连衣裙，衣服上点缀着银白色和蓝色的小花。前襟边缘到胸口的位置绣着深红色的刺绣，和黑色的布料相得益彰。大波浪的黑发长度正好及肩。看上去比邦雄要小几岁。深邃的眼鼻、滑到凳子上的下摆开叉中露出来的白皙双足，都震动着邦雄的心，并牢牢抓住了他的视线。

店长从吧台里探出身来低声说道：“您等的人来了。”

邦雄“欸”了一声，问：“她就是百目大师？”

“我可没说过百目是男的。”

邦雄将手里的炸串放到盘子里，站起来走到百目身边。他感受到内心一股强烈的悸动，尴尬地低下头，说：“我叫相良邦雄，酒店前台介绍过来的。想麻烦你帮我找个人。”

百目面不改色，抬头看向邦雄，“哦”了一声。之后，便跟店长点了酒和下酒菜。

“我需要摄入晚餐，边吃边听你说吧。”

“请便吧。我也正在吃晚餐呢。”邦雄在百目边上坐下，又替自己加了几个菜。

菜上了之后，邦雄开始讲述自己的孩子被一个奇怪车轮女掳走的遭遇。他告诉百目，孩子只有五岁，名叫翔子。还问百目，要怎么做才能把孩子找回来。

百目戳了戳小碗里的煨菜，把玻璃酒壶里的酒倒进了自己的酒盏中。透明容器中，浓烈的琥珀色美酒形成了一片海洋。邦雄话音一落，百目便小声说道：“我大概知道掳走孩子的人是谁了。想找到她很简单，但报酬不菲，你能接受吗？”

“大概要多少钱呢？”

“我要的不是钱，而是寿命。”

“什么？”

百目嘴角浮现出一抹笑意。邦雄不由得后背一阵发寒：“你该不会是……”

“你猜对了，我不是人类。”

百目喝下酒盏中的酒，继续说道：“人类的寿命对妖怪来说是最好的养分。寿命，其实就是活物体内的能量。作为报酬，希望你能让我吸点儿你的寿命。被吸走一部分寿命的人，剩余的细胞分裂次数会减少，人也会提早死亡，你同样不例外。”

“是染色体端粒减少吗？”

“这我不太清楚。如果用人类的语言来解释是这样的话，就这么理解吧。”

“也就是说，需要用寿命来交换，对吧？”

“你要是不愿意的话就算了。”

邦雄稍稍陷入沉思，想着那孩子是否值得自己以寿命为代价去挽救。现在能做决定的，只有自己了。

“好吧。”邦雄答道，“我希望她能过得幸福，所以才会把她带出来。要是被别人掳走的话就没有意义了。如果我的寿命能解决这个问题的话，你想要多少都可以。”

百目面不改色地喝着酒：“我的工作是‘找出’要找的人。当然也能替你们进行一定的交涉，但问题最终还是要靠你自己去解决。”

“也就是说，即便遇到危险，你也不会来救我，对吧？”

“我会协助你。不过，妖怪也有妖怪的规矩。如果你一味地认为只有自己才是正义的一方，会栽大跟头的。妖怪是不会随随便便就掳走孩子的。不像人类，会为了区区一些赎金就掳走孩子。”

“那他们是为了什么才掳走孩子的？”

“他们就是有这样的习性。掳走后又送回来，再掳走再送回来，都持续几百年了。他们并不觉得这是在作恶。”百目将空了的餐具放回吧台。店长只是默默收拾了餐具。

“我们出去吧。”百目点头示意，“稍微散散步，就到掳孩子的妖怪外出活动的时间了。”

大概是因为太阳完全下山了吧，马路上比邦雄刚来店里的时候热闹了不少。人群里混着些身着可穿戴装备的半机械人，和长着角与獠牙、手脚异于常人的黑色身影。一些可疑的身影多次与两人擦肩而过。每一次，邦雄都能感受到一股充满兽性的暖风吹拂过身体。

邦雄开口道：“百目大师，光看外表，您和人类也并无二致啊。”

“因为我原本就和人类长得差不多。不过仔细观察，还是有一些不寻常的地方。”百目把一只手伸到邦雄面前，让邦雄看她手腕内侧，“你仔细看看。”

邦雄凝神一瞧，发现手腕皮肤下有什么东西在蠢蠢欲动。而下一瞬间，便有大约二十只水汪汪的眼睛密密浮现在白皙的皮肤上，整齐地眨起了眼睛。

邦雄呆住了，一下子屏住了呼吸。

百目说道：“这种眼睛，我全身上下有一百只。”

邦雄叫了出来:“就像你的名字‘百目’一样,你是百目鬼!”

“是的。”

“我还以为百目是你的姓氏呢,毕竟人类也有一样的姓氏。”

“我是真正的百目鬼。脸上的眼睛也不止两只。”

“你是怎么隐藏其他眼睛的?”

“我这张脸其实是人造皮肤,由 iPS 细胞制成的生物组织和高分子聚合体共同制作而成。要是不戴上这个人皮面具,一般人会吓得不敢正眼看我。”

“你不会觉得不方便吗?”

“这面具又透气又轻盈,一点也不碍事。人类的技术还是很厉害的。”百目挥了一下手,眼珠子就从皮肤上消失了,仿佛拟态的活物。

“刚才那家店的店长更厉害,他的本体是牛鬼。”

“牛鬼不是拥有蜘蛛的身体和魔鬼的长相,还有六只脚……”

“是的,要是惹恼他后果可严重了。”

“但在我看来,他就是个普通人。”

“店里面一直烧着‘迷幻香’呢。那家店比较高端,所以他们会注意不要轻易吓到误入那家店的人类。其实那家店里包括顾客在内,全都是妖怪。我常去那家店吃东西,还挺中意那里的。”

邦雄不由自主地捂住了嘴巴。刚才自己吃得那么香的串，到底是什么做的……

两人终于来到了这条街的尽头。这片区域林立着一片涂满艳丽朱红色的建筑群。建筑的外墙贴满了符咒。不管是哪栋楼，窗户里都没有灯光。这些建筑物只是承担了“壁垒”的职责。

百目轻轻敲了敲其中一栋建筑物：“外面的人类相信这是个结界。因为这里涂满了代表驱魔的朱红色。其实这玩意儿对如今的妖怪毫无作用。我们能自由穿梭于这道墙两边。”

“以前还是有效的吧？”

“以前也没有任何效果。看似有效，是因为妖怪们给人类面子，主动退到了壁垒这头。以前的人类可比现在谦逊多了。所以只要有供品，妖怪们就会安静离开。那时候双方维持着共生的关系，也是为了妖怪能时不时去偷吸一点点寿命。”

包括这些被涂得红红的建筑物在内，这一带如今被称为“真红街”。不过，这里以前并不叫这个名字，而是一个被称为“医疗特区”的实验城市。

进入二十一世纪后，飞速发展的神经机械学和再生医疗技术让那些因为事故或先天原因具有身体残障、行动不便的人，能通过人工手段恢复人体功能。比如直连大脑的义肢、通过连接视神经恢复视力的设备等。再生医疗中，从 iPS 细胞中培育人工器官，替换病变部分、填补肉体残缺的技术十分发达。所以这条街上，曾进行过将这些技术结合或升级，来增强健康人类感官功能的研究。这是一项提升警察、士兵等从事命悬一线工作的人群身体能力的技术：为了辅助并扩大视野范围而研制的人工复眼、人工触觉；将处理这些信息的线路写入大脑的人工神经细胞；还有给在失重状态下工作的宇宙技师脚上附加能像手一样抓握的机能的点子。不过，这些都是先进却会引发伦理问题的案例，所以只能在行政指导的管理下，遵照严格的限制条件，在特区内不断实验。

从某个时刻起，这条街开始被一些奇怪的东西所威胁。人们时常能从受试者的嘴里听到“看到了本不该看到的人”“不论早晚都有奇怪的身影在徘徊”等传闻。起初，人们还以为这是因为设备传感器故障或是程序故障，即便是活体器官移植，也可能因为错误的信号传输到了神经中让人产生幻觉。

而让人们意识到这一切并非幻觉，正是从异形之物——妖怪们频繁来到人类世界，向人类展现其本来面目开始的。后来出现了一些袭击人类甚至以人类为食的妖怪，这条街上才发出了特别警戒命令。

为何只有这条街上出现了大量的妖怪呢？

配备了霰弹枪的警察巡逻时在街角遇到了鵺。上了年纪的鵺告诉警察:“以往妖怪不敢将自己奇异的姿态展现给人类,还画出了一道分界线。毕竟我们也不想无端吓到人类,所以若非必要,我们是不会在人类面前现原形的。但随着科学技术的发展,人类的外表也在快速变化着。人类戴上了直连电脑的奇怪装置,变得能看到以往看不到的东西,和不在那里的人对话……人类使用人工器官扩大了视觉、听觉和触觉范围,人类的外观不再像以往的人类,而是逐渐变为仿佛妖怪般的异形。而人类的内心,原本就比妖怪更为残酷。现在人类和妖怪外形的差距越来越小,那么彼此间的界限不就正在消失吗?所以我们才会来到这净是些可以被称为异形的人类的地方。在这里,我们的样子并不会多么突兀吧。”

这件事被当事警官写成文章发布到了网上,立刻在人类社会大范围传播。抨击他在编造故事的人不少,但相信他的人也有许多。

人们惧怕这条街上逐渐增多的妖怪会往外拥,于是将建筑物涂红,还贴上了各种符咒做了结界。这就是“真红街”这一名字的由来。时至今日,这条街上,人类和妖怪的数量几乎不相上下,而医疗特区的方针最终也不了了之。研究所累积的技术被外面的社会所吸收,在伦理和法律允许的范围内造福于民。最终,留在这条真红街的，都是对妖怪感到亲切、不畏惧和妖怪共生、充满好奇心的人类，以及不会轻易袭击人类，而是考虑着如何利用人类的善于算计的妖怪。这样，真红街也成了一个奇妙的共生空间。

远处传来了钟声。是中央广场的机械钟报时的声音。

百目开口道："那我们就准备开始吧。"她留下一句"暂时别跟我说话也别碰我"，就把身体靠在了红色的墙壁上。

百目双腕上再次出现了许多眼睛。包括那些藏在衣袖里被遮住的部分，一想到这些眼睛在百目洁白的肌肤上仿佛裂开似的大张着，邦雄便鸡皮疙瘩爆起。

百目的表情逐渐变得虚无起来，像是在看着远方某处。大概是在用浑身的眼睛进行什么作业吧。但她究竟是在干什么，又看到了什么呢？邦雄被好奇心驱使着，慢慢靠近百目，轻轻碰了下仿佛沉眠一般一动不动的百目的指尖。

瞬间，伴随着强烈的冲击，无数景象涌入邦雄的脑中。这些如浊流一般的景象使他发出了无声的呐喊，但浊流并未就此停下。种种景象在邦雄脑中闪现，他意识到，这些都是真红街各处正在发生的事。百目这一百双眼睛，不光在同时查看真红街的一百个地方，还在不停转换空间，搜寻要找的对象。

等邦雄稍稍适应了这景象的浊流，便也能冷静下来观察百目所看到的东西了。

他看到了和妖怪串通一气谋利的人类；追杀力量弱小的妖怪的人类；在妖怪身上寻求一夜春宵的人类；把妖怪当成家人和朋友的替代品，过着温馨日常的人类；以及像崇拜神明一样崇拜妖怪，并祈求自己愿望实现的贪婪的人类。

同时，他也看到了袭击人类的妖怪；像野兽一样攻击人类、大量吸取人类寿命的妖怪；像虫子一样把长长的舌头或口器伸进熟睡的人类颈背和喉咙深处的妖怪；以及与人类斗得不相上下的妖怪。

正是这诸多纷争，让真红街的人类和妖怪得以共存。正是这些教人进退两难的紧张气氛，维持着人类和妖怪生存的平衡，更新着两者之间的关系，让这条街充满活力。

突然，邦雄感到脸上被轻轻敲了一下，他回过神来，发现自己已经从各种景象形成的浊流中解放出来了。

百目用戏谑的眼神看着他："我不是跟你说了，别碰我吗？"

"抱歉，一好奇就……不过，我总算知道你为什么被称为'找人专家'了。"

百目露出了一个自嘲的笑容。

邦雄追问道："你是怎么做到的？"

“怎么做到的……我自然而然就会了，也没法跟你解释。”

“我之前一直觉得百目鬼有一百只眼睛特别神奇。就算为了能无死角地看清自己周围，作为生物来说，应该也不需要那么多只眼睛才对。”

百目一脸嫌弃道：“别跟我扯生物学的东西了。”

“为什么？”

“人类只要知道了我的属性，就一定会说出你刚才那样的话，并且会想拿我做实验。比方说，研究一下妖怪的大脑是怎么同时搜集一百只眼睛看到的信息并处理它们的。但于我而言，这不过是头疼一下的事罢了。”

“抱歉。不过，我是真的很好奇。”

“相良先生，你知道人类和妖怪的区别是什么吗？”

“你想说的，应该不是外表吧……”

“没错。首先，妖怪可以让人类看到幻影。我们从以前开始，就以虚实混杂的形态示人，以此和人类保持距离。人类在书籍中记载的我们的样子，有不少都是我们展现给他们的幻影。还有一点，妖怪可以使用异空间。”

“怎么使用？”

“我这一百只眼睛，正是通过异空间出现在世界各处的。不光是眼睛，我的身体也是。车轮女也一样，她使用这一能力缩短了空间上的距离，才把孩子带到她身边的。”

能在一瞬间缩小空间距离，这简直就是使用了虫洞啊。要是再深入调查一下的话，说不定就能做出科学的解释了。邦雄如此说了之后，百目便懒洋洋地回了一句：“是吗？那你干脆就这次的经验写篇论文吧。不过，我可不会帮你。”

根据百目的搜寻，翔子现在似乎和车轮女一起出现在了街的南面。百目从腰间的口袋掏出一块记录板，用电子笔在上面写了点什么后，交给邦雄并催促道：“把这东西贴你上衣里。”

邦雄的视线落在那行文字上：罪在吾身，与子无干，小车之君何不明？

邦雄问道：“这是什么咒语呀？”

“这是让她把孩子还给你的咒语，不知道现在还有没有用，总之宽文年间这句短歌还是有效的。”

“宽文……”

“一六六一年那会儿。”

邦雄只觉得一阵眩晕。但现在也只能按百目说的做了。

南面的道路是一片店铺早早关门的区域。两人抵达之时，街上除了青白色的路灯以外，没有任何灯光。店铺的卷闸门都已经拉了下来，连流浪猫和老鼠都看不到。

百目丢下一句“只要等在这儿，她就会从对面过来”，便去了马路深处的应急楼梯上坐下。

邦雄没什么心情坐下，就站在马路上一直盯着对面。终于，远处响起了似曾相识的声音，依旧是那阵锈铰链嘎吱作响的直冲神经的声音。

百目立马站了起来，来到邦雄身边。

巨型木头车轮和身穿金织锦和服的女子，以及包围女子和车轮的青色火焰出现在他们眼前。从女子怀中能看到少女的身影。少女闭着双眼安睡着，好似放心地窝在母亲胸口的婴儿。看到这一幕，邦雄内心瞬间燃起一股强烈的嫉妒之意，奔向车轮。百目不禁咋舌，紧随其后。

车轮女发现两人，便停下来，鄙夷地看着邦雄。

百目先开口道：“晚上好，一轮姐姐。”

“哎哟百目，好久不见啊。”车轮女美美地微笑着，并瞥了一眼贴在邦雄胸口的记录板，“这咒语还真古朴啊。”

“罪过都在看到姐姐的人身上，和孩子没有关系，能把孩子还给他吗？”

“要是遵照这个咒语，我是该把孩子还给他。不过，这次可不行。”

“为什么？”

“这个孩子太理想了。”车轮女抱紧了怀里的孩子，“我一直都想要一个这样的孩子。一直以来，我都是掳走人类的孩子再还给他们。这样的日子也该结束了。我终于得到了渴望已久的东西。”

邦雄叫道：“你不是这孩子的母亲，请不要擅自把她带走！”

车轮女放声大笑起来：“你也不是这孩子的亲生父亲吧？所以这次写在记录板上的咒语才会无效。”

百目震惊地回头望着邦雄，正准备问清真相，邦雄就先开了口：“对不起。因为你也没问我……但这孩子对我来说和亲生女儿一样。”

邦雄向前迈出一步，车轮女立马后退：“你再靠近的话，火焰会把你烧成灰烬的。”

邦雄没有任何回应，而是直直地盯着车轮女，继续朝她走去。

车轮女大声道：“你就后悔吧！”随后，炽热的火焰如大蛇一般飞向邦雄，但那獠牙怎么也无法触及邦雄，一直停在邦雄面前不远处咬噬着、纠缠着，却无法伤他分毫，只能痛苦地翻滚着。

车轮女怒吼道：“百目，别妨碍我！”

邦雄振奋地回头看向百目。不知何时，百目和邦雄的距离缩短了。邦雄明白过来，百目是用了和车轮女掳走翔子一样的办法，来到自己身边，赶走车轮女放出的火焰的。

百目徐徐说道："我可没有妨碍你，只是在进行仲裁。"

车轮女强势地一挥和服衣袖，从车轮周围放出了比刚才更盛的火焰。青色的火焰像是缩拢的手掌似的，包围了整个车轮。车轮女和孩子的身影随着火焰一同慢慢消失。

邦雄立刻叫道："被她溜了！"

百目一把抓住邦雄的手腕，用力把他拉到自己边上："她们飞不远。我们追。抓紧我。"

周围的风景瞬间往后退去，四周彻底被黑暗支配。邦雄被带入了一个空无一物的空间，他耳边响起了尖锐的声音，脚不着地。突然，强烈的失重感向他袭来。邦雄不由自主地发出了惨叫。

"我们到了。"百目的声音让邦雄回过神来。他们正处在另一条马路上。

百目喘着粗气。邦雄好不容易才忍住没有一屁股坐地上："刚才那是？"

"通过异空间飞跃了一段距离。"

"能这么飞跃的话，刚才就没必要走到南大道了。"

"别胡说了。带上人类飞跃可需要不少精力和体力。当然，这个价格另算。"

价格另算——也就是说，就这么飞一下，寿命就要再缩短一些了。邦雄庆幸自己没有随便道谢。百目果然是妖怪，怎么可能为人类考虑。

邦雄环顾了一下四周。既然带上人类飞跃并不轻松，那么车轮女应该也飞不了多远才对。

附近有个小公园。从树木的空隙之间能看到青色的火焰。那一定就是车轮女了。

“走吧。”邦雄催促道。

百目问：“你和那孩子是什么关系？再和我说说。”

“你知道了又能怎样？”

“如果你只是个单纯的幼女贩子，我就没理由帮你了。”

邦雄叹了口气，道：“我原本是在大学研究所工作，研究人类大脑出现幻觉的原理。自从真红街上出现了妖怪，我才知道妖怪原来也是有实体的。但人类除五感以外，感受到的怪异事物——比方说被称为幽灵的现象，到底是怎么回事，至今不明。虽然有大脑生理学上的假说，但仍然有不少现象无法用这个假说解释。我们当时正在寻找能科学论证这个现象的完美理论。我们认为，如果能实时扫描那些能感知灵异的人类大脑，分析这些数据，应该就能明白这之中的原理了。那孩子，翔子的父亲，是个灵能者。所以，我们找了他配合我们的调查。”

“原来如此……”

“翔子那时候总是跟着她父亲一起来我们研究所。因为是单亲家庭，孩子也没别的地方可去。她父亲猝死的时候，我们注意到那孩子有些与众不同……”

“是哪里与众不同？”

“她能预见未来。”

“人类还有这样的能力？”

“是的。翔子能接受来自未来的信息。她脑中似乎开了一扇量子之‘窗’，能单方面接受未来的景象。这样的能力很容易被别人利用。不知道消息从哪儿泄露了出去，总之，政治、经济领域的人员上门来提出想购买她掌握的参考信息。还有环境模拟器的运营者向我们提出委托。现在虽然也有链路层模拟器，但要预测地球未来的环境终究是件难事……研究所想要资金支持，所以没能拒绝她们。毕竟要继续研究，就势必需要赞助商。”

“所以你才想逃出来的吗？”

“是翔子自己说想逃离那儿。虽然只是使用图像诊断装置进行检查，但翔子每次都会觉得身体疼痛……而大家总是安慰翔子，说肯定不疼的。”

百目戏谑地眯起了眼睛，说道：“真是胡说八道。要是研究使用的是不会说话的动物，你大概就会心平气和地去协助了吧？”

“我没法否认这点。但这个假设没什么意义。现在在我面前的是一个五岁的小姑娘。我没法违背自己的本心。”

邦雄避开了百目的视线，低头道：“那孩子的父亲，是我的旧友。”

“他留了遗言吧？你还真是守信呢。”

“不是那样的。”邦雄不再说话，沉浸在了自己的回忆当中。

和磨清瘦的容颜浮现在邦雄脑海中，又瞬间消失了。那天，和磨对邦雄说，他会协助研究是为了赚钱。他想给翔子留下一笔存款。为此，他愿意做任何事。当时，邦雄有些看不起和磨。有部分原因在于和磨干的是灵能者这种违背科学的行当。但主要是邦雄认为眼前这人为了女儿能付出一切的说辞都是些场面话，等到他吃不了眼前的苦时，一定会逃跑。

和磨是通过私人消息知道研究所在招募协助人员的。这次是两人高中毕业后的初次重逢。和磨以前是和邦雄有着相同志向的学生。某天他却突然说：“我不参加高考了。”邦雄很震惊，比自己成绩还好的和磨居然会说出这样的话。邦雄问是因为家人，还是因为生病了。结果和磨懒洋洋地回答说：“最近总是看到奇奇怪怪的东西。其实小时候就有这种倾向了。本以为长大后这能力就会消失，结果一直在变强。每天被不明真身的东西追着，还得赶走它们，害我现在精神和体力都跟不上，完全没法集中精力备战高考。既然如此，还不如早早放弃，学点驱散这些东西的手艺，当个灵能者。”

听了这番话，邦雄差点喊出“哪有这样的原因啊”，但他还是忍住了，只是小声嘀咕道：“那还真是不容易。”

事实上，邦雄的内心正波澜起伏。凭自己的成绩根本考不上的大学，和磨轻易就能考上吧。可他却要放弃高考了。自己多么珍惜多么渴望的东西，这人却说了一句鬼扯的“我要去当灵能者”，就毫不惋惜地放弃了……

有能力的人却不选择与之匹配的道路——邦雄觉得和磨的选择是在嘲笑自己的努力。他嫉妒和磨的游刃有余。他觉得自己遭受了莫大的屈辱，恨得牙痒痒。因此，当和磨成为灵能者后再次出现在自己的面前，邦雄一直抑制在心底深处的感情再次汹涌了起来。

当然，也有部分原因是邦雄对自己现在的位置有所不满。经过不懈的努力，邦雄终于获得了在大学附属研究所研究大脑的工作。但他所属的是偏离主流的部门。争取热门项目的人数很多，邦雄的实力还不足以让他进入心仪的部门。

邦雄至今还认为，如果是和磨的话，应该轻轻松松就能考进去。但现实却是，和磨真的成了一个灵能者。而且，他再次出现在自己面前时，依旧是一副游刃有余的姿态。就好像在伤口撒盐一般地说“调查灵能者这种可疑的研究原来就是你的工作啊”。

实际上，和磨并没有对邦雄说这样的话，更没有瞧不起邦雄。但对于当时的邦雄来说，和磨本身就是一根挫败自己的刺。

即便如此，邦雄也没有将这种感情透露一分一毫，而是带着和磨来到了实验室。这是一个没有任何画像诊断装置或病床，只有一张椅子的房间。邦雄对皱起眉头打量这个房间的和磨解释道："这里以前好像是病房。不过改建之后，这栋大楼就变成研究所的楼了。愿意协助研究的人，都要在这个房间采集数据。"

"我要怎么做？"

"你通灵的能力若是真的，应该就能看到这个房间里的什么东西。"

听罢，和磨面露微笑："原来是这么回事啊。"

邦雄继续道："据其他灵能者说，这个房间里有一个奇怪的穴口，里面会不断溢出奇怪的东西。或许正是这个原因，这里以前出现过很多风波。还一直有病患说这里出现了可怕的东西，要求换病房。所以在改建的时候，这栋楼就被研究所接收了。"

"你不怕吗？"

"不怕。因为生病身体变弱或者变敏感的人可能能看到些什么，但像我们这种健康而且比较迟钝的人根本什么都看不到。话说回来，这个房间里的是妖怪吗？还是说是幽灵或者别的什么东西？"

“不是妖怪。”和磨马上就回答道，“若是妖怪的话，就会通过某种形式，和人类接触或者交流。这东西与其说是幽灵，倒不如说是能量块。我能看到，它移动时空间扭曲了。”

“空间扭曲了？”

“你应该知道重力波吧？就像黑洞和中子星那样，拥有巨大质量的存在以接近光速的速度运动的话，周围的空间就会扭曲。重力波就是这时候能观测到的波。和这个差不多的感觉，我的身体能感知这些东西在移动时释放的像波一样的东西，所以空间扭曲这个景象就会立体地呈现在我脑中。也就是说，我知道空间是怎么扭曲的，也知道是什么让它扭曲的。这里确实到处都是这样的东西。”

进入房间时，邦雄就给和磨戴上了无线传感器，实时监控着他的脑电波和肌电图，此时出现了一个有趣的结果。检查设备上显示和磨的整个大脑都在剧烈活动，体温也升高了两摄氏度。哪怕是和磨静静地坐在那儿，他全身的肌电图数值也在剧烈变化。这应该是他在全力驱散那些企图触碰他的东西时，一个接近运动的状态吧。

问了和磨之后，他说实际上他正在“格斗”。让那些把能量撞向自己的东西冷静下来，把它们解放去其他空间，或是让它们相互抵消——这是灵能者最基本的工作。

当然，此时和磨也会消耗自己的精神和体力。无论是整个大脑的活动，还是体温升高、肌电图数值剧烈变化，都是和磨身上“进行对抗的能量”被夺走了的证据。

邦雄在佩服的同时，也想起了内心阴暗的感情。只要利用这个实验，就能把和磨逼到绝境，将他的肉体和精神都逼到极点，让那个冠冕堂皇地说出“为了孩子”的和磨哭着祈求原谅，展露出毫无尊严的样子。要让这个当了灵能者的人悔不当初，让他在自己面前抬不起头来……

邦雄多次带和磨来到实验的房间。用采集数据的借口，要求和磨进行远超研究所日程标准次数的实验。每当和磨小声嘟囔“这活儿还真不好干”的时候，邦雄都会鼓动道:“但你也需要为翔子存一笔钱吧？”这样，和磨就会接受每一次实验。即便和磨累倒的次数不断增加，邦雄也继续诱导他进行数据的测定。邦雄本打算听到和磨哭着求饶之后就停下来的。但和磨一次都没有逃避过。邦雄原本想把和磨的体力逼到极限，却仿佛是把自己逼到了极限。这让邦雄更为不忿。

有一次和磨称自己不太舒服要在休息室躺会儿的时候，邦雄问他:“孩子真有这么可爱吗？哪怕是付出一切都要养育吗？”

和磨平静地答道:“这个也因人而异的。也有人想要杀掉自己的孩子，并且真的这么做了。但我的翔子是最可爱的。妻子走得早，女儿就更加可爱了。”

“你说我结婚以后也能这么想吗？”

和磨爽朗地笑着说道：“这我哪能跟你保证啊。但不管什么时候，比起憎恨孩子，肯定是和孩子一起笑着度过每天更开心……”

之后——

如噩梦般的记忆在邦雄脑海中苏醒：响亮的警报声，火速赶来的急诊医生。主治医师在旁说明诊断结果。床上躺着的，是闭上双眼的和磨的遗体。边上则是怒吼着赶紧销毁能作为证据的日程表的研究所负责人。负责人坚称和磨的死不是研究所的错，而是他原本就患有旧疾。这种程度的实验，是死不了人的。

邦雄当时颤抖着，心想：不，不是的！自己根本没想要做到这一步！自己只不过想戏弄戏弄一直逞强的和磨罢了！只不过是想让他低个头，让自己痛快一次罢了……

邦雄自己最清楚，这不过都是借口。今后自己要用怎样的心态去面对翔子才好？把和磨最后的遗言转述给翔子就好了吗？邦雄怎么都开不了口，就把告知去世消息的事推给了女同事。

之后，邦雄有些怯懦地去看望翔子时，翔子还是用以往的态度接近邦雄。她拽着邦雄的衣角问道：“爸爸什么时候才会回来呀？大家都说他不会回来了。这都是骗人的吧？叔叔，你和爸爸最要好了,你应该知道爸爸在哪儿吧……”

邦雄蹲下身,紧紧抱住了翔子。不,是好像要倒在翔子怀里似的抱住了她,压抑着喉咙深处想要吼出来的声音。

邦雄没有哭。

邦雄不断对自己说,他没有资格哭。

百目将指尖伸向邦雄胸口,缓缓撕下贴在他上衣的记录板,问道:“那么,你为什么要帮她?你完全可以视而不见的吧?”

是读了我的记忆吗……邦雄隐隐想着。百目大概用了一百只眼睛里的一只,窥探了自己现在的心思吧。妖怪有这个能力也不奇怪。不过时至今日,这些也都无所谓了。

邦雄静静地答道:“我也不知道。自从她父亲去世之后,她每天都哭着喊疼。看着她这副样子,我就是很不忍心。每次她问我爸爸去哪儿了,我都只能回答她,爸爸去见妈妈了。之后,我对她说,一起去再也没有疼痛的地方吧,就带着她逃了出来。我是不是很奇怪?”

“从妖怪的角度来看,你确实很奇怪。即便你这么做有更深层的原因。”

两人进入了公园。他们从树荫下偷偷看着车轮女和少女。车轮女看起来比百目更累,车轮上的火焰也消失了。她从车轮上下来，坐在了地上。翔子因为飞跃时的冲击醒了过来，有些不安地走到车轮女边上，对她说了些什么。翔子似乎不知道该怎么办，有些彷徨。

邦雄突然想到，车轮女可能比她看起来要更老些。如果她几百年来为了想要个孩子而彷徨着，那么即便外表年轻，她也可能快油尽灯枯了。

邦雄走近她们，叫了一声“翔子”，少女惊讶得瞪圆了眼睛：“叔叔，你之前去哪儿了？”

“跟我回去吧。”邦雄抑制着愤怒说道，“天黑了，我们该上床睡觉了。”

“不，我不回去。我妈妈来见我了！”

“她不是你妈妈。”

“不，她就是我妈妈！”

百目来到邦雄身后，在他耳边低语道：“那孩子真的看到了自己的母亲。”

“为什么？”

“妖怪能让人类看到幻影。我之前就跟你说过。”百目继续对吃惊的邦雄说道，“要不就放她走吧？”

“……”

“能让那孩子看到她亲生母亲的，也只有妖怪了。”

“可那是假的呀！”

“有时候，比起真实的东西，人类更需要虚假的东西。”

车轮女缓缓起身。她抱起翔子，露出了一个可怖的笑容：“我通过这个孩子看到了未来。”

“什么？”

“在不久之后，世界会迎来一个不得了的未来。如果知道了这个事实，人类就会陷入恐慌。所以我才决定带走这孩子，把未来的信息封印起来，不让任何人知道。”

百目问：“一点都不能透露给我们吗？”

“不行。”车轮女回答道，“未来就是如此残酷。”

“我觉得我们也有权利知道。”

“只要没有这个孩子，你们就没法儿知道了。再说了，就算你们知道了又能怎样？”车轮女抱着翔子退后着跳上了车轮，“这个孩子能看到未来，有可能是因为未来的人类获得了能将信息传回过去的技术。要是根据接收到的信息采取措施的话，未来说不定就会变好。但对我来说，这些都无所谓。”车轮女和翔子的身体从底部开始变白，仿佛凝固了的白色雕像一般。

“永别了，”车轮女说道，“我已经得到了理想的孩子，不会再出现在这个世界上了。我们要去两个人幸福生活的地方了。”

邦雄不顾百目的阻止，冲向车轮，他想强行将翔子从女人手里抢回来。但他触碰到的翔子的身体开始变成沙子渐渐散去。

即便如此，翔子也没有感到任何痛苦，而是缓缓向邦雄挥着手，冲他微笑："叔叔，谢谢你带我来这儿。我终于见到妈妈了。妈妈很温暖。就像爸爸和我说的那样。妈妈接下来会带我去爸爸那里了。到了那儿，我们三个人就能幸福地生活在一起了。"

"翔子……"

"我先走一步了。我会在那里等着叔叔的。"

之后，车轮女和翔子就像被波浪击碎的沙堆一样倒塌了。四散在地面的白色灰尘，被温暖的风一吹，就散在空气中了。

邦雄崩溃地双膝跪地，双手攥着沙尘，放声哭了好一会儿。

本应审判自己的少女就这样走了，永远消失了。不能接受审判就意味着自己的罪孽永远无法被原谅了。邦雄将一生活在罪恶的荆棘丛中，饱受折磨。

终于，百目静静地询问邦雄："接下来你怎么打算？"

邦雄低头答道："没什么打算了。我已经无处可去，无家可归了。"

"那你要不就住在这儿吧？"百目对着一脸泪水和尘土的邦雄说道，"你这样的人能很好地适应这条街。不，应该说只有这条街，才适合现在的你。"

邦雄茫然了一会儿，终于踉跄着站了起来。他心想，这样也好。自己这个做不了人类也当不了妖怪的人，也只能在这里彷徨一生了。

邦雄轻轻点了点头，百目拉起邦雄的手。她的手背搁到嘴边，恭敬地行了一个礼，美丽地微笑道："欢迎你，相良先生。欢迎来到真红街。"

蓝草

失去了一切的感觉，正好给予了他再次回归日常的力量。

O县M海角附近的海域，最近被列为禁入区域。

这个消息，伸雄是从就职于浅葱建筑的远藤那里得知的。

“用我们公司开发的海洋拱顶，能围住很大一片海域。”远藤在邮件中写道，“项目预计从今年冬天开始动工。这个大工程应该能让公司赚得盆满钵满。不过，对我们来说，可就有些舍不得了。”

M海角原本以潜水胜地闻名，但近几年环境恶化、珊瑚数量骤减成了该地区一个严重的问题。对居住在这片观光胜地的本土居民来说，有两个选择，继续大开门户迎接游客，或是封锁海域全力保护环境。最终大家选择了后者。若是对现在的情况听之任之，要不了几年，M海角的珊瑚礁就会彻底消失，而鱼类也会灭绝。既然如此，不如将它列为保护海域，通过不同的形式号召大众保护海洋环境。

乘坐观光潜水艇在海洋中游览,在岛上建立巨型海洋馆饲养珍奇鱼类——新的观光计划要多少有多少。而居民真正希望的,是那些没规矩的潜水员别再靠近。他们穿着最新的潜水装备在海洋里遨游,却能若无其事地将垃圾和香烟屁股扔在海里,甚至盗取珊瑚和海洋资源。

当然,来这里潜水的人,并非全都如此恶劣。普通潜水员在海里看到垃圾通常会捡起来带上岸,也有志愿者团体前来清理海洋垃圾。因为呼吸器故障会导致潜水出现危险,所以潜水员一般会避免吸烟,好好保护喉咙和肺。此外,潜水的时候,带回来的只有拍摄的照片,而不会触碰任何珊瑚和游鱼。当然,也不会无缘无故去杀害海洋生物。会这么任性妄为的,只有一小部分旅客。

会有大批旅客来到这个海角,原因之一是最新潜水设备的普及。伸雄开始潜水的时候,潜水器设备和二十世纪发明的相比,有了急剧变化。那是一种不再需要背负沉重氧气罐的新型潜水设备——密闭循环式潜水设备。随着其功能改善、实现小型轻量化以及价格不断下降,设备得以量产。

密闭循环式潜水设备可以让人多次利用吸入的空气。配备的氧气罐和开放式潜水设备的相比,体积更小、重量更轻。装置内部填充了能处理呼出的二氧化碳的吸着剂,只循环氮气和氧气以维持呼吸。以前的设备必须接受专业训练后才能使用,而随着技术进步，现在谁都能直接使用最新的设备。

因为使用便利，潜水的人急速增加。与此同时，潜水者素质下降的问题也就出现了。虽然官方多次呼吁，也采取了相应措施，但始终无法取得明显效果。M海角的环境逐渐恶化。因而保护运动愈发频繁。

当然，海洋环境恶化并不全是潜水员的错。从大陆排向大海的生活废水、工业废物从很早以前就开始污染海洋了。哪怕是在一万米以下的海底，也堆着陆地上的垃圾。现在已经不存在没有被人类污染的海域了。但由于M海角多次发生引人关注的违法行为，所以这些违法的旅客便成了批判的对象。

伸雄脑海中隐约浮现出这片无论是地理上还是心理上都逐渐远去的M海角海底地形。与此同时，一些苦涩的记忆也被唤醒——那片海域里放了“那东西”——那承载了众多回忆的未完成的“蓝草”。

蓝草沉入的海域并不深。没记错的话，应该是在距离沙滩游泳十五分钟左右可到达的地方，水深也就八米左右，阳光能照射进海水的浅海一角。

那附近栖息着由潜水员喂养的大海鳗，并非一个急流区。如果水下地形没有发生剧变，如今凭借一己之力应该也是能够抵达的。

干脆就去一趟吧！毕竟好久没去那儿了。

伸雄看着放在办公桌上的台历，搜寻合适的时间。同时，他胸中激荡起一股难以言表的情绪。明明是很久之前的事了，却仿佛就发生在昨天。

伸雄知道的“蓝草”，既不是一种孔雀鱼品种，也不是一种音乐类型，而是一种利用化学反应成长的室内摆饰。蓝草整体高约二十五厘米。直径约十二厘米的底座上，罩着一个拱顶状的圆柱形透明容器，容器中装着特殊的溶液。而中间则是一个树枝状的摆饰，摆饰会对外部刺激产生反应，一天天长大。这种商品像观赏性植物一样，能让人享受“成长过程”的乐趣。

其实这之中的原理非常简单。底座配置的音响传感器，在接收到外部的声音，即人声、乐声和日常生活声音后，将其转化为电流信号，就如同电话的构造一样。同时，根据声音的强弱不同，底座装置通电流的时间也会不同。产生的电流由容器内的细电极传导。这种浸泡在溶液里的电极，拥有人类肉眼无法识别的纳米级细度。通电之后，容器内的溶液会发生电解反应，一部分化学物质会被吸到电极附近并附着在上面。由于这些物质只在通电时才会聚集到电极附近，所以会因为外部声音的强弱不同，一会儿附着在电极上，一会儿又离开电极。这就是“成长型商品”的关键。

这极细的电极，设计得仿若向四周伸展的树木。所以，容器里的物质最终才能形成树木状的摆饰。又因为溶液中含有硅酸化合物，所以摆饰呈现的是蓝色草状的外观。蓝草的名字也由此而来。能随着声音成长的蓝草，是从“将无形的声音转化为有形可见的存在”的创意中孕育而生的商品。

与妻子结婚前，伸雄曾一度沉迷于培育蓝草。他将蓝草放在独居的室内，每天都期待着它的成长。蓝草成长的姿态，和海洋中被称为浅水扇珊瑚的生物非常相似。扇珊瑚和珊瑚同属于刺胞动物，但没有石灰质的外壳。它以坚硬柔韧的骨轴为主干，向外延伸枝干，成长为树状。其颜色通红，小型品种全长为十到十五厘米，大型品种能长到两米有余。

当时热衷潜水的伸雄在店里看到蓝草的一瞬间，就马上联想到了扇珊瑚。这与扇珊瑚颜色不同却形状类似的摆饰，不似陆地上的树木，而是和大海中栖息的生物有着相同的姿态。

在同一时期，伸雄开始和一位女性交往。对方是他四处参加潜水活动时相识的、名叫麻莉绘的年轻女性。伸雄喜欢上她，都是因为一些微不足道的小事。哪里的海水更美、喜欢什么样的鱼、经历过哪些差点溺死的蠢事，在交流着这些内容时，二人逐渐互相吸引，最终开始一起潜水。

为了发生危险时可以互相帮助，业余潜水员必须两人一组行动。麻莉绘的水平对伸雄来说恰恰好。和麻莉绘一起，伸雄不需要过多地担心和注意她，可以好好享受海洋的美景。当时两人不过二十出头，年轻气盛的他们在获得对方的身体后，迅速拉近了灵魂的距离，加深了关系。

伸雄将蓝草从柜子上移到了床边。麻莉绘在得知他这么做的原因后，脸蛋涨得通红，"求你了，别这样。"但伸雄并没有放弃，"这有什么不好的，你害羞什么。这是一种能听着我们声音生长的草类——拥有这世上独一无二外形的摆饰，也是我们水乳交融所孕育的东西。我丝毫不觉得羞耻。我想让你的声音、你的喘息，以及和我紧紧相拥后所说的枕边语都成为塑造这蓝草姿态的一部分，永远留下来。这有什么不好的？"

面对伸雄的执着，麻莉绘只好投降。面对枕边这吸收着两人声音一点点成长的蓝草，她也说不出什么严苛的话来。不过麻莉绘时常会想起些什么似的，说伸雄有"怪癖"，是个"怪人"，还说"你好奇怪啊""真容易沉迷在一些事里""为了自己的喜好不惜以身犯险"。

不管麻莉绘如何评价伸雄，伸雄都不往心里去。他坚信无论是怎样的揶揄，都是因为麻莉绘深爱着自己。如此这般，当伸雄问她怎样的男人才能让她放心时，麻莉绘便会含糊其词，转头躲避伸雄的视线。

蔚蓝的大海边，在喜欢的咖啡厅里，女朋友时不时重复着同样的话："你可真奇怪""真是个怪人"。

麻莉绘的身体充满了活力，全身的每一块肌肉都紧绷着，像是要把夏日的阳光直接吸收进身体里似的。能尽情享受潜水这种与死神并肩而行的危险运动的，一定是积极勇敢的人。麻莉绘喜欢穿红紫配色的潜水服。又黑又长的头发总是一把扎在脑后，用一字夹固定住，以免散乱。

在荒无人烟的凉爽岩滩上，伸雄就着拍打出白沫的海浪声音，一次又一次疯狂地与女友交合着。在海岸的潮湿空气中，他用手揉捏着麻莉绘柔软的乳房，感受着两人濡湿的肌肤交叠在一起的奇妙热度。在这仰望着空旷的青天与积雨云、品尝着下半身晃荡着的解放感时，伸雄完全没有想到，有一天他会和女友分手。

结局总是来得非常突然。

当伸雄得知麻莉绘不知何时开始与其他男人交往时，错愕得就像一个迷了路的孩子。他努力回想自己的缺点和做得不足的地方，试图在这之中找到原因。然而，最终他发现自己没有做错任何事。在这个瞬间，他的身体里涌起一股愤怒，仿佛要将他撕碎。

此时，在伸雄内心涌动的，是两种互相矛盾的感情。一方面，他想狠狠揍麻莉绘一顿，哪怕是囚禁她，也要将她留在自己身边；另一方面，他又想坦率地认同她的想法，静静等待她心中出轨的欲望消失。但无论他做何选择，脑海里永远只能浮现出让事态变得更加严重的愚蠢的选项，这也恰恰证明了他根本没有理解到底怎么做才是最好的。

伸雄来到常去的咖啡店，克制着膝盖和手的颤抖，询问麻莉绘到底是怎么想的。麻莉绘被他追问后，一改往常的态度，用弱弱的声音低声嘟囔道："我喜欢他。我自己也控制不了。对不起。"

伸雄一时间不知道该说什么、该做什么。他无法哭泣，也无法责备麻莉绘，甚至连笑着送她离开都做不到。在来咖啡店之前熊熊燃烧的残暴的感情，只在伸雄心中肆虐了一番。事实给了他当头一棒，令他发现，自己根本没有不管不顾将这些感情释放出来的精力和毅力。伸雄出神地盯着放在两人面前的白色梅森咖啡杯。店里放着轻快的流行歌曲，伸雄觉得这歌曲居然和当下的光景出奇地相配。这似乎穿透了一切的明朗曲调，和现在这一切尽毁、走向终结的场景非常配。

麻莉绘离开后，伸雄手上仍留着几株蓝草。那些曾经吸收了两人的喘息、啜泣的呻吟和重复了无数次的愉悦之声的蓝草，就像是失去了生命的枯树。

伸雄无法忍受蓝草那无机质的光辉，把它们全部砸碎了。但有一个还在成长的蓝草摆饰，使伸雄抡起的锤子停在了半空中。伸雄清楚地记得，这个摆饰放到床边的那一天。当时他觉得一切都非常顺利，还以为一切都会一如既往地发展下去。他想起了当时纯粹的感情，便怎么也下不去手了。

再三犹豫后，他选择将它沉到M海角的近海处。伸雄没让任何人知道，独自一人潜到海底，把它放在了那儿。

而那地方，现在已然成了环境保护的对象，还将盖起禁止入内的拱顶。

黄金周到了。

等不及暑假的潜水员纷纷外出旅游。

伸雄来到M海角时，沙滩上已经有几个潜水员了。其中还有正在听指导员讲解的新手。他们生疏的动作让伸雄有些怀念。

伸雄选择单独行动。对业余潜水员来说，单人潜水是被严令禁止的。即便是按照常识考虑也知道，万一出现意外的话，其危险性是难以估量的。但伸雄是想去确认属于私人回忆的物件，自然不愿意有其他人在场。告诉好兄弟实情，让对方陪着一起倒也不是不行，但因为太丢人，伸雄最终还是一个人去了。

要潜入M海角的海域有两个方法。一种是包船前往近海，从那里下潜。还有一种就是从沙滩尽头自己游过去。伸雄选择了后者。他在附近的休息室换上潜水服，脱掉拖鞋，穿上一双长度到脚踝的短靴。为了保持体温和保护掌心，他还戴上了潜水手套。同时，在潜水服外穿上了调节浮力的背心，背上了密闭循环式潜水设备，拿着脚蹼和带呼吸管的潜水面镜，攀着岩壁上凸起的岩石下到海滩。

M海角和沙滩的海水浴场不同，如果不沿着又长又陡的斜面走下去，是无法进入海里的。伸雄小心翼翼地爬过悬崖，来到了平坦的、充满潮水的岩场上。之后，他朝着没什么潜水员的地方移动着。伸雄熟练地穿上脚蹼，戴上面镜，以防止身体暴露在不断冲向暗礁的浪花之中。之后，他又在两根软管中间加上咬嘴，便悄悄潜入了海里。陆地上开阔的感觉瞬间远去，随之而来的是席卷全身的冰冷的压迫感。

对人类而言，大海也是一种密闭的环境。所以患有幽闭恐惧症的人是无法自在享受潜水的。他们可能立刻就会产生恐慌。而且，随着潜入深度的增加，水压会慢慢积累，如果不能做到“清耳”，即通过鼻子把空气推出去，耳膜就会受损。

伸雄的妻子冬实就不会清耳。并非技术不佳，而是出于体质原因。所以伸雄只和冬实进行简单的浮潜。就是那些需要穿上巨大橙色背心，在海面漂浮着透过面镜看看海里，专门针对初学者的浮潜。因为不会往深处潜去，所以比较安全。

伸雄本打算蜜月去南半球的度假胜地好好潜个水，但考虑到冬实的体质，最终将蜜月目的地改为了欧洲。

冬实虽然告诉伸雄“不要在意我，你去潜水就好呀”“我可以在海滩上喝热带果汁的”，但蜜月旅行可不能丢下新婚妻子自己去潜水。况且，在国外和不认识的人组队潜水也没什么意思。所以，伸雄便打算和冬实一起游览豪华的美术馆，尝一尝地道的欧洲菜。

对于和一个不能潜水的女人结了婚这件事，伸雄自己都觉得不可思议。反正潜水和结婚是两件事。伸雄和冬实结婚是因为喜欢冬实，他也没有想过非得找擅长潜水的女性结婚。或者说，和麻莉绘那段苦涩的回忆，可能使得伸雄下意识地选择了和大海无关的女性吧。

冬实和麻莉绘是完全不同类型的人。冬实身材微胖。婚后又胖了一些，生完孩子后更甚，相貌变得像河豚似的有些惹人怜爱。她是个仁慈的女人，能接受施加在她身上的一切，但她性格里也有固执的一面，一旦发生争执，会好几天不说话。不过他们也不年轻了，自然不会闹到破坏现有生活的地步，也都没有对彼此抱持过度的期望。大儿子现在已经三岁了，虽然有些爱闹爱动，但仍是显得可爱的年龄。

除去伸雄工作的电器店工资不尽如人意这点，生活上倒没有任何令人不满的。本该如此。但每当伸雄想起那蓝草，想到年轻时常去潜水的海域竟然变成了禁入区域，总有些心烦意乱。

他也觉得这多愁善感显得幼稚。要是向别人透露，对方肯定会一边苦笑，一边投来带点批判意味的视线。

即便如此，伸雄也非去不可。

事到如今，他还想要什么呢？他还期待什么呢？又不能和麻莉绘和好如初，也没想过要和麻莉绘再一起潜一次水，更不是渴望那具和冬实完全相反的纤瘦紧致的肉体。不过，伸雄的身体渴望着大海。他渴望大海，并非指带着孩子去海水浴场的浅滩上玩玩水，而是潜入不戴呼吸装置就会丧命的大海深处，屏住呼吸观察那些海洋生物，窥伺令人毛骨悚然的蓝色大海深渊，抱着惊惧与敬畏再感受一次曾经的兴奋。

伸雄一边检查测量表上的深度和方向，一边用力蹬着脚蹼。每深入海底一些，那些尘封在记忆里的地形就又鲜明一些。一种本能被点燃了般的快感瞬间席卷了伸雄全身。

目前保护工程只是纳入计划而已，一些记忆中的珊瑚礁已经彻底消失了。白化了的珊瑚残骸四处都是，过去密集生长的海藻和海葵遍寻不着。匍匐海底的游鱼也很少，目之所及净是些同种类的生物。伸雄扭转身体抬头看去，阳光如无数根针般射入大海，在蓝色的背景中摇曳着。

浅葱建筑的拱顶完全覆盖了海面。拱顶的主结构是由不会被海水腐蚀的材料搭建的，其上伸出数根支架，如巨龙的肋骨一般，而支架与支架间，则使用了透光率百分之九十九的透明保护膜覆盖。

保护拱顶的循环系统能过滤海水中的污染物，将净化后的海水导入拱顶内。拱顶内自动防控的海域监控系统持续运作着，从水温和水质的改变，到内部保护的海洋生物的数据都能实时发送给陆地上的管理设施。

为了防止密闭环境内的生态平衡遭到破坏，拱顶采取了全天候监控措施。拱顶只允许接受过训练、了解生物知识的专业潜水员入内。以往的《自然循环保护法》，只是指定保护的海域，对那些触碰或危害保护对象生物的行为予以惩罚，而无法封锁环境本身。但使用了海洋拱顶，就能完全封锁保护海域，创造一个不再有频繁捕鱼、无故入侵行为的海洋生物的乐园。

远藤曾说过，现在的建筑公司已经和环境保护共存了。制定施工计划的，是环境省和地方自治体，浅葱建筑是将其作为公共事业来承接的。这种施工方式要是因为这次打响了名气，接下来应该就会在各地陆续建造封锁海域的拱顶。到那时，人类能自由遨游的海域，在日本，不，在这个地球上，还能留下多少呢？

就算用拱顶保护海域，使内部的环境回到以前的水平，若是不将拱顶对外开放,人类也不会再和自然海洋有所接触了。只会像培育盆栽一样继续养育拱顶内部。这么一想,伸雄也不知道远藤他们要做的事是不是对的了。

自然,现在若是不用拱顶覆盖M海角,那里的珊瑚礁就会完全消失。人类不能坐视不管。但不知怎么的,伸雄总觉得有些无法认同。这或许是属于潜水员的带着自私的留恋吧。又或许是,作为栖息在地球上的生物,情感上总有哪里无法接受吧。我们到底是在哪里走错了路?不,应该说,真的存在正确的道路吗?如果人类的本质就是用尽海洋资源,不停污染海洋的话,那我们为什么会对这个严酷而温柔的世界逐渐消失感到如此惋惜?为什么我们不能将海洋单纯看作一种资源?如果把它当作同飘在宇宙空间中的矿物资源一样的东西,就不必如此苦恼了吧。为什么我们对海洋这种存在要热爱到这个地步呢?

最终,伸雄到达了扎在沙地上,高约五米、宽约二十米的"珊瑚根"。

"珊瑚根"指的是海底隆起的岩礁和珊瑚礁。它们也是鱼类和虾米的住所。

伸雄用肺部留存的空气维持着中性浮力,仔仔细细地调查还留有少许珊瑚的岩石表面。那些深深的裂缝和细长的沟壑,成了鱼儿的庇身之所。为了不被它们的尖牙伤到,伸雄慢慢地绕着岩礁观察。蓝草应该就在这个珊瑚根的某处。整个容器用防水罩罩了起来，藏在了岩堆里。

把蓝草沉入海底，原因有二。其一，这儿是充满回忆的地方。其二，希望蓝草能吸收海洋里的声音。

其实海洋并非寂静的世界，相反，它充满了各种声音。海豚或鲸鱼的叫声，无数生物的嘈嘈低语，海底挤压弯曲的响动，以及潜水员们使用潜水刀敲打氧气罐发出的信号声……

水比空气更能传导物体振动的声波。传导的速度约为大气的四倍。在海洋中，远处的声音听起来仿佛近在咫尺，细微的声音也能听得清楚。

将还在成长的蓝草放入海里的话，它一定能吸收海洋里的各种声音茁壮成长。这样，似乎才能让自己彻底放下。伸雄觉得，比起在自己的房间听着孤独的声音，倒不如让它在海洋里听着那些生物的鸣叫。

那蓝草会长成什么样子呢？还是说经过这么些年，罩子已经损坏，其中的液体也不知流去何处了？听着海洋的细语声长大的蓝草，究竟会是什么样子？

伸雄心怀着激动，寻找着蓝草，却怎么也找不到。他以为自己记错了地方，去反面也找了一遍，但依旧没能找到。他甚至以为蓝草藏在了珊瑚或者海葵中间，特地把手伸进岩石的缝隙中摸索了一下，但没有摸到类似触感的东西。

失望感顿时袭来。难道是自己记错了吗？不，他记得肯定是这里啊。

伸雄确认了一下潜水电脑表上的潜水时间。虽说他使用的是密闭循环式潜水设备，但也不能像抹香鲸那样潜上一个小时之久。没时间磨磨蹭蹭了。休息日只有今天一天。视线四处探寻之际，伸雄突然发现岩石阴影中附着着小小的黄色生物。

它形似扇珊瑚，却不是红色的，而是鲜黄色。全长约三十厘米。在伸向四周的枝干上，密密地长着类似鸟儿羽毛的柔软之物。这是种奇怪的生物，看起来就像是从金丝雀身上拔下了羽毛，一片片粘在枝干似的。

一片羽毛的长度约有十厘米。稍稍拉开一些距离观察，其全貌看上去就像枝繁叶茂的树木，也像秋天树叶变黄的小落叶松。

莫非……

伸雄用戴着手套的双手将金色树木的树根掰开，看到了有些眼熟的人工产物——蓝草的底座。原本收纳容器的防水罩已经破碎逸失，而包裹蓝草的圆柱形容器也损坏了，如今只剩中间的摆饰直接暴露在海水之中。

这个摆饰上，正附着着羽毛般的生物。这黄色的生物是——对，他想起来了——水螅虫的一种，和水母一样拥有刺胞的海栖生物。是可以戴手套触碰，但赤手去碰的话就会大吃苦头的“海荨麻”，带着毒。

它确实是羽螅的同类。虽然它也是珊瑚的同类，却没有坚硬的外壳，而且在岩石阴影处丛生。就是它们，在蓝草上扎根生长吧。

但这形态也太奇妙了吧……

伸雄看着这金色的树木，呆呆地悬浮在原地。在蓝草的枝干上繁殖的水螅虫族群，似乎对他的意图毫不在意，随着温柔的潮水摇摆不定。像极了没能如自己所想的麻莉绘，也像极了固执己见时的冬实。

就在如此思忖的时候，伸雄突然发现自己想把它带回去。但来的时候并没有这样的计划，他什么都没准备。若是没有能将海水一同装进去的密闭容器，那些水螅虫很快就会死去。因此没办法直接带回去。伸雄不喜欢拍照留念，所以也没有准备水下摄影专用的数码相机。心底被烧灼的感觉笼罩着他。自己到底在做什么？大老远跑来，潜入这样一个地方。明知一切都回不去了，什么都做不了了，却偏要抛开日常生活，沉浸在甜蜜的回忆中，自己究竟想在这里找到什么？

这里已经没有其他人了，连过去的碎片都不复存在。即便大叫着“快回来”，伸雄也知道没有人会回应他。所以自己是来这潮涌深处、这濒死的珊瑚森林中找什么的?

伸雄从咬嘴中深深吐出一口气。

已经没有什么要做的了。自己不过是想确认蓝草成长的样子,现在却被这压倒性的存在感动摇了内心,充分感受到了无法将它放在自己手中的悔恨。

要是想就此毁坏它非常简单。一怒之下,将这些水螅虫全部杀死也轻而易举。但这又算什么呢?只会让自己显得更加悲惨罢了。伸雄将脸靠过去,静静地看着这些金色的水螅虫。

这件偶然生成的艺术品,还是和其他生物一样,就在海洋深处自由生长吧。这份再也不会来欣赏的光辉,就永远锁在自己心中吧。他不会告诉任何人,也不会将它写下来。直至整片海域都被拱顶覆盖后,他都会将这次的所见所闻深锁心底,反复回味。这是伸雄唯一允许自己拥有的自由。

伸雄突然感受到海水传来了某种气息,他抬起头,视线前方是一个悬浮着的潜水员。那人和自己一样,保持着中性浮力,停在岩堆对面。对方四肢纤瘦,穿着红紫配色的潜水服。稍长的头发扎起在脑后,和伸雄背着一样的密闭循环式潜水设备。

对方透过面镜盯着伸雄。看起来不像是偶然靠近这里,而且一直盯着伸雄。

伸雄的心脏剧烈地跳动着。这是他记忆中的潜水服设计、体型和发型。这是谁？难道是……麻莉绘吗？

见伸雄一动不动，对方扑打着脚蹼越过岩堆。伸雄仿佛见了幽灵似的，身体完全无法动弹。他差点儿就叫了出来。他不明白为什么对方也来这儿了，还偏偏是今天。是碰巧选在了同一天吗？她是否也是来这个充满回忆的地方，找些什么东西？

伸雄依旧含着咬嘴，由于过于紧张，他将嘴里的唾液生生咽了下去。一种怀念又抗拒的感情，以迅雷不及掩耳之势席卷了他的胸口，熊熊燃烧着。

对方如海豚般流畅地游到伸雄面前，把一份巨大的、活页水下便签展示给他。上面并非手写的文字，而是打印出来的一行警告："这里是《自然环境保护法》规定的'海洋特别地区'。擅自捕捉、伤害海洋生物是违法行为。请立即离开。"对方还将系在腰间的身份证明递给伸雄。伸雄一看到带有照片的 ID 证明，就震惊地"啊"了一声。

照片上的人是个与麻莉绘长相完全不同的年轻男子。或许是伸雄自顾自陷入忧伤之时，眼睛也有些花了。虽说是差不多设计的潜水服，但居然把性别给搞错了——伸雄羞得满脸通红。

面前这人是自然保护管理员。他正在这片即将被保护拱顶覆盖的海域里巡视。

仔细一看，管理员还带了协助型海洋机器人。这个形似箱鲀的银色小型机器人，用记录用的传感器直直地照着伸雄。

“你刚才摘珊瑚了吧？”管理员用文字询问伸雄，“你知道这是违法行为吗？”

伸雄慌忙摇了摇双手，但他发现这还不够，连忙从外套里取出塑料制的水下笔记板，用专用的笔写了一句话，展示给对方看：“我没有摘任何东西。只是看看这里的风景。”

对方这时又翻页让伸雄看了另一段话。对管理员来说，类似情况已经遭遇过多次，是驾轻就熟的应对了。

“你的行为违反了《自然环境保护法》第二十七条3-5的内容。违反这条法规可判处六个月以下的有期徒刑，或处以三十万日元以下的罚款。”

看来管理员错把伸雄当成是偷珊瑚的人了。要是直接被带走盘查接受惩罚可不得了。

伸雄掰了一下笔记板上的手杆，用砂铁和磁石的反应把刚才写的内容擦除之后，写下了新的内容：“我希望上去向你说明。能浮上去吗？”

管理员点了点头，催促伸雄。伸雄按照潜下来的路线返回，却意外遭遇了晕眩。他将脸露出海面后，看到海上停着一艘船。甲板上站着一个年长的管理员。伸雄在两人的催促之下，上了船。

对方查看了伸雄的证件,又要求他说明了情况。在得知伸雄什么都没有采摘,自己的预想出了错后,较年轻的那位管理员露出了遗憾的表情。

而较年长的管理员,对伸雄独自潜水的行为进行了严肃、恳切的教育。在一堆冗长到令人生厌的责备话语后,年长的管理员继续说:“自从M海角将禁止入内的消息传开后,以捕获海洋生物为目的的潜水员一下子来了不少。所以我们才要这么四处巡逻。”

伸雄问:“你们是什么时候发现我的?”

“从最开始。你是一个人去潜水的吧?所以我们马上反应过来,就去追你了。”

伸雄几乎差点儿发出呻吟。还是自己考虑不周了。虽然这里还未正式成为禁入区域,但毕竟是快要建造海洋拱顶的地方,自然会有人巡逻。特别是这片残存着珊瑚的保护区域。

管理员继续说道:“最近像你这样的游客增加了不少。因为充满回忆的海域就要被密闭了,所以想在那之前再来看看这片海域,重拾以前的美好回忆。大家都是这么说的。不过嘛,明明捡些贝壳或者石头之类的回去就好,却不知怎的净盯着贵重的东西。大块的珊瑚啊,珍稀的鱼之类的。不知道是想拿回家养,还是想去水产店卖个高价……”

“我并非想……”

“也有不少志愿者潜水员帮了我们忙,但我们的工作还是很吃力。要是游客都能珍惜大海的话,这里就能一直如此美丽了。”

伸雄不知该如何回答,只能留下一句“抱歉给你们添麻烦了”,从船上返回了沙滩。

伸雄回到崖壁上时,小船再次朝近海驶去。伸雄尴尬地苦笑着,走向休息室。

回家的火车上,伸雄沿着火车路线看着逐渐变得开阔的海洋。自己刚才竟潜入了眼前这片碧蓝的海洋之中,真像是梦一场。

伸雄鼻腔深处还残留着些许潮水的气味。皮肤久违地吸收了阳光的照射,如烧伤了般发烫,就像曾经多次与自己交合的麻莉绘的肌肤一般。

思绪渐行渐远。

这一切都将永远紧锁在拱顶之中。

伸雄还没有得到任何答案,一切就这么消失了。在他无法触及的地方,渐渐被封印。通过这片海洋,伸雄知道了许多事情,也触及了各种优美和残酷。而他对此却只是手足无措。这滑稽的感觉就像咬了一口苦涩的果实一般,无比鲜明。

但这并非什么令人不快的感情,反倒令他十分畅快。

失去了一切的感觉,正好给予了他再次回归日常的力量。

伸雄把如落叶松张开枝叶般的蓝草的姿态，牢牢关在胸中的小房间里。

他给房间关门、上锁，再也不会回头了。

小鸟之墓

我正是小鸟之墓。
是那些渴望死亡的女性之墓。
是能给予她们安眠的床铺。

男子横躺在一间狭窄公寓的床上。他大口吸着气，沾满汗珠的胸口上下起伏着。他逃离警方包围时伤到的侧腹隐隐作痛，连同小腿肚上的伤，正一起摧残着他的精神。

他在撞伤处贴上了冷敷贴，划伤的地方则是做了消毒和按压止血。除此之外，他无法进行更好的应急处理了。

接下来只能等体力耗尽陷入沉睡了，因为没有别的方法能让他恢复体力。

男子对药物过敏，好几种神经性药物都能令他陷入休克状态。因此，不管身上的伤有多疼，他都不能使用止痛药和麻醉剂。酒精能在一定程度上让他轻松一些，但那也算是一种药物，他无法饮酒。

这一体质并非与生俱来。

是男子有意将自己的体质改造成如此。

抗药性分子是一种能读取神经性药物的构造，并使人体对其产生强烈排异反应的分子仪器。十多年前，他花重金请黑市医生通过静脉为他大量注入。与此同时，他还在体内培育了专门抗吐真剂的分子。无论是感冒还是受伤，是牙疼还是脏器肿胀，他都不能使用任何止痛药。因为即便是一丁点儿的剂量，都会令他立即休克而亡。

这一切，都是为了防止警察对他使用麻醉贴或者麻醉剂。

他最厌恶的，就是自己像流浪狗一样，从远处被射击麻醉弹，或是被投放麻醉气体。

男子的想法很直白——想抓住我的话，就直接揍倒我，把我绑起来。或者，干脆击毙我。休想通过其他方式制服我。

虽说有些晚了，但警方开始大范围通缉他时，察觉到了男子的这等“常态”。他将自己的血样放在亲手杀死的女子身旁，还附了一张记载着自己体质情况的字条——

若是对我使用麻醉贴或者麻醉弹，我体内的抗药性分子会马上送我上西天。想让我接受法律的制裁，就用别的办法来逮捕我。如果你们不愿意，也大可以当场开枪打死我。

男子并不在意警方是否相信自己的话。地球也好火星也罢，想击毙罪犯的警察都多如牛毛，而舆论也并非不能理解。所以警察要是想击毙自己，只管开枪就好。对男子而言，这样反而能得到解脱。

为了遵循自己的信念，男子选择了注射抗药性分子。而代价是无论生病还是受伤，都无法使用止痛药。即便经常会被疼痛折磨得满地打滚，他依然选择了这条路，来对抗警方。

如同忍耐苦行的修道士一般，男子此刻被剧痛折磨得浑身脱力，只希望剧痛能使他精神彻底崩溃。没有谁来探望他，没有朋友担心他，他在孤独的生活中残喘着、呻吟着，咬紧牙关一路走来。

为什么自己还活着？男子躺在床上迷迷糊糊地思考着。他对这个社会而言毫无用处，唯一会做的事就是不停杀戮。警察也真是愚蠢胆小，怎么都抓不住人，却又不敢无视法律直接击毙罪犯。

几天前买来的玫瑰花，正从小桌上的花瓶里“俯视”着男子。这是产自火星的蓝玫瑰，价格出奇地便宜。

男子并不喜欢花，只是花店的店员长得很是俊俏，他便不自觉地开口搭话了。

听到男子说要五朵蓝玫瑰，店员问道：“您是要送人吗？需要我帮您加点满天星再绑上丝带吗？”

男子拒绝了女孩的好意。与此同时，他从女店员望着自己的眼神中，看到了一种独特的色彩。他对这种欲望非常敏锐，便问道："这个工作很有意思吗？"

"对啊。"店员露出了毫无忧虑的笑容。

男子马上追问道："真的吗？你难道就没有其他想做的事了吗？"

"没有啊……"

"你身上散发出来的感觉和其他店员不太一样，应该有更适合你的工作，比方说……总之，光是打杂挺无聊的吧？"

"什么？"

"不管在哪里工作，都只能屈居人下，这点是不会改变的……不过，要是公司的名号能让你感到骄傲，那又是两说了。"

女孩的笑容逐渐凝固。男子继续追问道："看来你以前就在那样的公司工作过呀。"

"是的。"

"你已经放弃那份工作了吗？"

"我只是觉得自己一直在等一个机会。"女孩一边给玫瑰根部包上保水膜，一边回答道，"我是出生在地球的移民。听说到了火星就能找到一份有意义的工作，我还拼命学习了英语哦。之后，也成功进了一家大公司。但那家公司里真正有用的员工，净是名校出身……像我这种水平的，只会被其他人欺负、看不起罢了。

所以最后我辞职了，就跟被赶出来似的。不过，我还没有放弃自己的人生。”

女孩将包装成圆锥形的花束递到男子手里，问道：“您一会儿要去约会吗？”

“不。”

“那是要去看望家人？”

“我一个人生活。”

“怎么会呢。您长得这么好看，跟电影明星似的。您该不会就是明星吧？”

“不是，我都在工地或日结工资的地方干活儿。”

“不会吧。”

“没骗你。要不要给你看看我在工地上干活儿锻炼出来的身材？”

“虽然您现在是蓝领工人，但不会做很久的吧？您都穿着动力辅助服呢。”

“你知道得挺多的嘛。”

“我在电视上看到过。穿上那衣服，就能变得跟机器人一样厉害了吧？”

男子接过花束，付了钱之后留下一句“我会再来的”，就离开了。

男子躺在床上,喘息急促。他回味着店员的表情。每次在大都市里与人见面,他都能体会到这种感受。到处都是巧妙隐藏起绝望的塑料假面,无限空虚潜伏在人内心深处。

一头是一心一意努力前行的意志力,另一头是令人止步不前的疲惫感。有些人会徘徊纠结于两者之间,很容易一步踏错跌入深渊。他们身上散发着会遇到这种危险的气息——男子对这种人最是喜欢。

就像蜜蜂千里寻花蜜一般,男子特别擅长发现这样的女人。他凭直觉就能看到人们隐藏在面具下的真实面目。

当然,这种能力本身并非坏事。只要是稍微敏锐些的人,都能掌握。

而男子的特殊之处,在于他得出的结论与常人不同。

男子认为,只有自己懂得她真正想要的:她是真的想去死。她想放弃努力,长眠不起。也只有他,能让她意识到并接受这一点。对于所遭受过的苦楚,只要她说出"好想去死",哪怕只有一次,他都能实现她的愿望。

他会让她在瞬间解脱,不经受任何痛苦。为了保证她不再苏醒,他还会一并毁坏她的肉体。

每杀死一名女子，男子都会认为自己做了件无比高尚的事。虽然下手杀人会让自己变得越来越肮脏不堪，但将对方从牢笼中解放出来的快感和自负，会在他心中存留美好的余韵。这份余韵在女子死后也不会消散，如同悲伤的 D 小调抒情曲。

所以男子才如此欲罢不能。

男子总是无法自控地被那些怀才不遇却坚强面对的女子吸引。他总想为她们做些什么，而他能想到的最好的办法，就是帮助她们从现实社会的束缚中永远地解脱出来。

他自然知道法律不会允许他这么做。不过，当他还生活在地球上时，便已决定就此一生，永不回头了。

女店员告诉他，火星产的蓝玫瑰花语是“逮捕我”。

男子十分喜欢这花语。

他决定在下次“工作”结束后，把蓝玫瑰放在那个女店员的脑袋旁，送给警方。

身体不堪疲惫，男子的意识终于模糊起来。他感觉自己浮在了空中，好像要被冲去哪儿似的。

黑暗温柔地笼罩在男子四周。

他的意识被拽入了最久远的回忆里。

* * *

孩提时代，我一直居住在地球上。

在我十岁的时候，全家人搬到了被称为双E区的都市。

双E区的全称是教育实验都市（Education Experiment City），整个日本只有几处。它是使用最先进的程序，为培养孩子健全发展而兴建的特殊都市。

取得居住权的审批非常严格，而申请人数则多到难以想象。

我不知道父母是用了什么手段才脱颖而出的。大概是父亲动用了他工作上的人际网吧。虽说这些都市在教育方面非常先进，但毕竟是有血有肉的人在管理，自然会存在腐败现象。

为了将孩子们培养成温和体贴的成人，预防他们出现不良行为，双E区设置了诸多限制，大到限制网络、审查出入人员的职业和品行，小到严控娱乐、文化内容。包括成人在内，双E区要求所有市民品行端正。

双E区里安装着无数个监控摄像头。只有对这些摄像头习以为常的人，才能在这些都市中生活下去。

我刚来这儿时，只觉得这里是个“还算漂亮但缺乏生机”的城市。

城市本身的设计还是很美的。建筑的建造采用了最先进的工艺手法，街道的色调搭配温和。修剪得仿若不会褪色的雕像般的行道树；设计人性化的自行车道和人行道；按照限速行驶的汽车；干净到泛白的街道；脸色红润的健康市民。这个城市的犯罪率也低到让人难以置信，每年发布的统计数据甚至让人怀疑纯为捏造。

过去，我一直居住在“外面”的世界，那里总是不怎么干净。让人觉得不管再怎么收拾打扫，之后都会变得又脏又乱。楼房外墙上随意张贴着电子广告单，城市涂鸦源源不断；路边堆积着决不想踩到的垃圾、饮料和食物的残骸；还有紫色的野猫躺在围墙上——它们是违法基因改造的人造生物。此外，便是佩戴时髦的无线终端和金属饰品的小年轻，驾着车横冲直撞的大人，以及靠着身体机能辅助设备才能放心上街的老人和残疾人——否则，他们就会饱受异样眼神的“问候”：没了这设备可别出门影响别人。

在那个世界，人与人的钩心斗角无处不在；抢劫、杀人和事故司空见惯，早已无人为之所动。再怎么客气也说不上是块宝地。但我却能真切地感受到，名为人类的“生物”确实生活在那儿。

而双E区则是纯洁的理想都市。只要是在双E区长大的孩子，成年之后就有权继续居住在这里。

不过我倒不怎么稀罕。

因为家庭以及我的成绩稍优于其他学生的关系，我家搬来了双E区。我连跳两级，比一般人更早从小学毕业，来到了这个特殊的都市就读初中。

那件事发生的时候，我们刚卸下全部行李，在新家客厅里休息。

新家不大，是双层复式建筑。一楼南面有扇大玻璃窗，可以透过它望到窗外的院子。

时值冬日，可天气并不寒冷。温暖的阳光轻抚着院子里的山茶花和草坪。开满红花的枝头上，停了一群绣眼。我趴在窗边看着它们。

我特别喜欢观察鸟儿，因为它们能自由自在地展翅翱翔。

我已经不记得自己曾几度憧憬那悠悠展翅，盘旋在高速公路上空的雀鹰。我对人造飞行物毫无兴趣，也不想遨游宇宙，只想如同鸟儿一般，在1g重力范围内用自己的身体自在飞翔。

所以这终究只是个虚无缥缈的梦。一个搅动我内心，使我为之疯狂的梦。

绣眼嗅到了花蜜的香味，纷纷聚到院子里。它们从一朵花飞到另一朵花，将自己的尖喙深深插入黄色花蕊中。这专注品尝甘甜的姿态楚楚动人，让我怎么也看不够。

正当我陶醉于绣眼舞动的身姿时，一只棕色的小鸟突然飞进了院子。这是一只麻雀。它动作迟缓地拍打着翅膀，仿佛没了燃油的飞机一般，掉在了草坪上。它用力扑扇着翅膀，虽然一直在原地打转，也仍未放弃。

我套上凉鞋就朝院子奔去。我捡起麻雀，小心翼翼地将它捧在手心。这小生命温暖柔软的触感，让我激动不已，背脊一阵发麻。

我无比兴奋地观察了麻雀好一会儿。

这还是我头一回如此近距离地观察真正的麻雀。虽然在VR图鉴和电视节目上已看过很多次，但将麻雀捧在手里还是头一回。虽说是麻雀，但总归是野鸟，一般是不会接近人类的。它羽毛上黑棕分明的花纹非常精致，牢牢地吸引了我的目光。实物真的棒呆了，和图鉴上看到的截然不同！

麻雀身上并没有伤。既然它是自己飞进来的，应该没有骨折之类的吧。那么，它应该是病了？

我捧着麻雀回到客厅。因为不知如何是好，便叫来了母亲。

正在整理房间的母亲看到麻雀后也目瞪口呆，手足无措。

正当我俩为难不已的时候，麻雀的状况急转直下。不久前它还扭动着身体，这会儿要不是拿手指去戳它，它就毫无动静了。

它到底是哪儿不好？究竟发生了什么？在我和母亲仓皇失措的时候，麻雀的反应越来越迟钝。直到最后，它缓缓闭上了眼睛。无论我们怎么戳它、摇它，它都纹丝不动。

震惊使我的心狂跳不已。

这是我有生以来第一次感受到生命渐渐消失的瞬间——这种强烈的感觉，令我不禁颤抖了起来。

这不是悲伤或者受打击之类的浅层感受，而是一种难以言表的神奇感觉。我也经历过金龟子啊金鱼之类的死，小时候还狠狠地虐待过蚂蚁。

可一个温暖的生命在自己手中燃烧净尽——这一瞬间给我带来的震惊和昆虫金鱼这些动物死去时完全不同。一种生命逝去的真实感骤然涌上心头。

母亲说："它好可怜，给它做个坟墓吧？"

"要把它埋在院子里吗？"

"好啊。它飞到我们家里来，一定是有什么原因吧。可能它以前总在这儿啄食、歇息，这儿最让它觉得舒心。我们把它埋在这儿对它也好。不过，就这样把它埋进土里它会冷的，光溜溜的太可怜了。"母亲一边这样说道，一边拿纸巾把它裹了起来，并在春天要开郁金香的花坛里挖了个很深的洞，把麻雀好好放了进去。我拿土把它埋了起来。

我和母亲一起在麻雀的墓前双手合十。不知怎么的，我心里有种做了好事的愉悦感。

即便是在洗手台洗手的时候，手里也还留着麻雀那鲜活的感觉。我怎么也忘不了这种生命渐渐失去温度的感觉。

对我这双捧起它的手，麻雀又是什么感觉呢？会觉得我的手掌是它生命即将枯竭时找到的柔软温暖的小床吗？还是说，只是一个充斥着人类气息、令它作呕的空间呢？

又或者说，它已经把我的手掌当作了自己的坟墓？

我正是小鸟之墓。

想到这点，我就无比兴奋。

我升上初二的时候，和一个叫胜原的男学生同班。

胜原是从小学正常升上来的，大我两岁。

他身材高大、五官分明，长相成熟如同大人一般，走到哪里都受人侧目。

这个胜原在第一学期就招来不少流言蜚语，完全不像是住在双 E 区的学生。

传言说他经常偷偷溜到外面的世界，干些不光彩的事。

住在教育实验都市的孩子是不能随意到外面去的。为了防止接触外面的有害文化，未成年不允许独自通过位于双 E 区边界、通往外面世界的审查关卡。如果真有正当理由要去外面，如参加亲戚的婚礼或葬礼，必须在父母的陪同下，携带注明特殊事由的临时通行证才行。而想要出去旅行，也必须向管理局提交目的地的详细信息，且能去的地方相当有限。

漫天的传闻说胜原用不正当的手段通过了这道关卡，跑到外面去干些恐吓、施暴的行径，还和异性交往，完全不像是个初中生。

双E区的学校不同于其他地方。这里的校规无比严格，一旦违反，就会被退学。因为许多家庭挤破头也想住进双E区，所以校方可以毫不留情地赶走学生。学生们深知这一点，通常绝不会干出愚蠢的事来。

所以我一直认为有关胜原的传闻都是假的。要是他当真恶贯满盈，在流言满天飞之前肯定就已经被退学了，怎么还能来学校上课呢？一定是因为那些流言都是假的。

当然，我既不苟同流言，也不反驳，只是和胜原保持着距离。

我和他一样，不会主动结交朋友。我不是避免和人交往，只是不会过分接近他人。我就是那种独自一人也能坦然吃饭的人。上课时要是需要分组合作，我一般会去人数不够的组充个数，虽然这种东拼西凑来的小组一般没什么干劲，我也并不在意。

这些时候，我和胜原就经常在一个小组。不过，我从没主动和他说过话，他也一样。我们之间像是把对方当空气般无视了。

所以那天胜原第一次和我搭话时，我一下子还以为他是认错人了。

他和我的初次接触，就是如此突兀。

放学以后，比起和别人出去玩，我更喜欢待在图书馆。我喜欢一边听着古典音乐，一边欣赏 VR 图鉴。

对我而言，其实什么音乐都行。只不过图书馆只有古典音乐。

在梅雨季节即将结束的时候，有天我正戴着传感器，在鉴赏室展开人体解剖图鉴。我用手指抚摸着等身大的骨架，并从肋骨的包裹中，将通过数据真实还原出来的胃和肝脏取了出来，感受它们的触感和重量。然后又打开头盖骨，把里面的内容物取了出来。正当我感叹大脑果然很有分量的时候，有人介入了我的触觉界面，拍了拍我的肩。

我点击“识别”标记，显示出视野实况，马上就发现对方正是胜原。

胜原用调笑的语气问我：“你难道想当医生？”

我没有切断虚拟空间的连接，直接回答他：“别烦我。”

“看这些东西很有意思吗？”

“当然有意思啊。”

“比方说呢？”

“人类若是被剥除了皮囊，拆成零碎，其魅力会更甚。”

“是吗？”

“肌肉、血管、骨骼、神经，人的这一切总是结合在一起，永无休止地运作着。即使其本人绝望沉沦，甚至号叫着要去死，也是如此。与这种机能之美相比，人类脑袋里考虑的那些东西，不过是小聪明罢了。”

“你觉得肉体比精神更美吗？”

“那还用说吗？人类都是蠢货，却总是自以为是，瞧不起别人，真是愚蠢至极。”

“你也是这些蠢货之一吗？”

“无一例外。我也只是个蠢货。”

胜原哈哈大笑。而我没有回应他。

这时胜原突然换了个话题：“其实我是你爸爸的粉丝。你爸爸是电影导演吧？他所有作品我都看过。”

“开什么玩笑，那玩意儿有什么好看的？”

“男人就不能看爱情片了吗？”

“我不是这意思，我爸拍的是……”

“我知道。他拍的是鸡肋的三流爱情片。但是，他能捕捉演员身上的魅力。就连台词说得别扭的外行演员，你爸也能将他们拍得很美。因为他拍摄的不是表演者，而是物——你爸将人当成了有生命的素材来看待。令我产生共鸣的正是这点。剧情怎样我并不在乎。”

真不知道他这话是在夸奖还是批评。我一言不发地退出登录，摘下了传感器。胜原用手臂环住我的脖子，在我耳边低语道：“你演过你爸的电影吧？”

“没有。”

“你骗人。很多年前你演过一次的。”

“我不记得了。”

“你别想忽悠我。你演的是一个勾引年轻绅士的美少年吧？你脸上还能看到那时的影子。”

我静静一笑：“抱歉，你误解了。我确实没演过。电影里的美少年是通过画面合成制作的虚构存在。我只不过提供了那个角色的面部数据。实际演出的是演艺学校的学生。我什么都没做。”

“原来是这么回事。现在的电影倒确实能轻松实现这些。不过，谣言这种东西，总是越有趣谈论的人越多。要是我把你拍过色情片的事儿传出去，要不了多久全校师生就都会知道了吧。就算只是谣言，但传的人多了，也会变成事实。”

“你要是想散播谣言就尽管去吧。我这个人一直独来独往，也不会因此失去什么。”

“你可能会因此退学哦。”

“无所谓。这个城市也没有什么好留恋的。话说回来，你这么恐吓我，是想让我干什么？我反倒对你的目的有点好奇。”

胜原脸上的笑容消失了。他的表情变得冷淡，环在我脖子上的胳膊也放了下来：“我没猜错，你和班里其他人都不一样。你能跟我出去一会儿吗？要不了多久的。”

“你想干吗？”

“你每天都觉得无聊极了吧？看你的表情就知道了。”

我一言不发。胜原像是看穿了我的想法似的，继续说道：“这个城市、这所学校都很没意思，你每天都在想有没有什么地方像图书馆这么有趣，我猜得没错吧？”

“有趣的地方？这个国家吗？不存在的。”

“外面的世界就有。”

“不会有的。你是指违规的游戏，还是违法的药物和饮品？这些都只能给人一时刺激。傻子才会沉迷其中。”

“你有没有想过自己制造点儿乐子？”

“什么？”

“要是你觉得有趣的东西不存在，那自己制造点儿乐子就行了。不过这个城市并不能给你那样的自由，只有外面的世界才有。我就是要和你说这些。”

我有些心动。

此刻，我完全可以拒绝胜原。我们正在图书馆里，要是吵起来，管理员马上就会过来制止。这么一来，我就能像往常那样继续欣赏 VR 图鉴了。

可我的耳朵偏偏就被胜原的蛊惑吸引了。我终于遇到了长久以来暗暗渴求的东西。

“跟我来。”胜原低声道，“有些事一个人做比较无聊，我想找个同伴。”

“我不想交朋友。”

“我也一样。但有时候就是要找个人一起才更有意思。就像有时候总想去竞技场享受生命的感染力一样。”

我还是慢慢摇着脑袋。胜原继续说道:“我没让你不来图书馆，只是在劝你尝试一下新的玩法。”

胜原看着我，眼神里带着审视。

这反而激起了我的斗志。

我站了起来。我也不知道此时此刻究竟是什么力量在推动着我，但我无法抗拒。

* * *

出校门时，时间已经是下午四点半了。我问胜原大概要多久。

“你家门禁严吗？”胜原反问道，“要是说和朋友在一起的话，应该可以在外面待到九点吧？”

我父母的生活并不怎么规律。自从来了双E区，父亲的工作就从拍摄娱乐电影变成了拍摄教育片。为了在双E区里发展新的人脉，他必须前去参加各种高档聚会。

母亲也会一起参加，并热衷于结交新朋友。考虑到和双E区的上层人士交往，自己的运势应该也会提升。因此哪怕要花费不少开销，他们也想稳住社交圈和教育界的人脉。

我从来没有晚归过，但按照父母的个性，九点回家他们应该不会生气。于是我说：“时间倒是无所谓。但得先告诉他们我去哪儿了。”

“那我们赶紧躲避追踪吧。”

胜原打开了便携信息终端的虚拟显示屏，轻触操作面板，开始和别人通信。他们安静地用文字交流了一会儿后，胜原终于抬起头来，命令我：“打开你的终端回路。”

“你想干吗？”

“传个伪装程序给你。你打开终端接收一下。”

“谁发过来的？”

“我认识的人。不是什么来路不明的人。”

“单凭你一面之词，叫我怎么相信？”

“要是没有这个伪装程序我们就没法自由行动。难道你想让学校老师和家里人知道我们接下来要去哪儿吗？”

双E区的孩子们所佩戴的便携信息终端里，安装着能时刻追踪行迹的程序。它会记录下佩戴者的所在位置、出行方式及同行者信息。这是为了防止孩子们擅自去往外面而实施的监控措施。双E区边界的审查关卡只要读取了终端信息，就能阻止孩子们外出。

伪装程序可以删除终端里的记录，将虚假数据传送至都市管理装置中去。

“你放心，不会感染病毒的。你要是担心，大可以用杀毒软件检查之后再打开。”

话虽如此，但如果便携信息终端的防御机能无法识别这个病毒，就算检查了也无济于事。看我犹犹豫豫的，胜原有些不耐烦了，他粗声粗气地说道：“你到底接不接收？！”

“好吧，我连线一下。”

我终究没能敌过好奇心。虽然总感觉自己是被胜原的气势给唬住了，但是我也没有理由故意和他唱反调。

我轻触终端的操作面板。一个容量极小的软件通过卫星电波下载到了终端里。在对它进行了安全检查后，我直接在系统里打开了这个软件。伪装程序如寄生虫般侵入系统后，立刻开始将有关我定位的虚假信息传送至都市管理装置。

我们在服装店买了新衣服，又去厕所换上。书包和随身物品被我们寄存在了车站前的投币式储物柜里。然后我和胜原一起乘上了市内列车。

胜原选的夹克衫和裤子很成熟，他个子高，这一身打扮让人完全看不出他还是个未成年人。我个子也不算矮，换上他挑选的衣服，又打理了一下头发，看上去也年长了几岁，不过没有胜原看上去成熟，依然透着稚嫩的气息，这让我有些郁闷。

要离开这个城市，需要在关卡附近的车站换乘一次。我很担心自己的容貌无法通过关卡上的年龄判断装置。结果，连警报都没响，我便顺利通过了。

没想到能如此轻易地通过关卡。看来这个安保装置简直形同虚设。突然，我心头涌上一阵奇怪的感觉：这未免也太轻松了吧？虽说伪装程序传送了虚假信息，但我们竟能如此轻易地通过关卡，怎么想都觉得不对劲。

胜原倒是很淡定。看来他已经习惯了，所以对此没有感觉到任何异样。

正当我想把内心的疑虑告诉胜原时，他就抢先问道：“你有想去的地方吗？”

“没有。”

“那你会骑摩托吗？”

“没骑过，也没驾照。”

“那我们还是骑蜗牛车吧，虽然有点慢。”

蜗牛车是一种慢速双轮电动车。速度快于自行车，慢于摩托车。因为它只能在专用道上行驶，所以并不需要驾照。

当我告诉胜原自己连蜗牛车都没有骑过后，胜原露出了些许鄙夷的眼神：“你能骑自行车就肯定能骑这玩意儿。而且它自带 PH[①] 系统，会帮你控制速度和骑行姿势。就连幼儿园小孩都能骑。”

“这个得租吧？”

“是的。”

“这样我们的行踪不会被发现吗？”

胜原从口袋里掏出一张蓝色的卡，在我面前晃着它，说：“来到这里，就不能用终端付钱了，要用这个。这里的大人都有这种卡。要是使用终端的话，购买记录会连接到你的个人信息。所以若是有不想留下记录的购物和住店行为，大家都会用蓝卡付钱。”

“这是简易货币？”

① Parasitic Humanoid，指一种智能交互设备，用于采样、建模和辅助非语言人类行为。

“对，就是能使用的地方有限制。”

我们在外面世界的车站下了车，穿过了一条蜿蜒的无人的士候车道。胜原老到地推开了摩托出租店的门。

店员看起来是个打工的年轻男子，毫无异议地帮我们办理了租车手续。胜原把我的钱也一并交了。

租车店的车库里停着不少摩托车。实物果然帅气。近距离观察，真是会被其魅力所折服。摩托车的车体锃亮，沉甸甸的厚重感不言而喻。它告诉我，世界上还有一个我不知道的深奥广阔的世界。

蜗牛车比一般摩托车更窄，车体是海豚般的流线型。由于重心很低，车胎很大，虽然是二轮车，驾驶起来也很平稳。

我卸下脚撑上的锁，推着蜗牛车转了转——它比自行车稍微重些。我跨上坐凳，身体略微前倾，握住了把手。这种骑行方式比起自行车，倒更像摩托车几分。只要转动把手，就能发动引擎，油门也一样。而刹车和踏板都在脚刚好能够到的地方。

我挑了一辆青灰色的蜗牛车，因为我很中意它仿佛洄游鱼似的外观。胜原挑了一辆黑色车身、嵌着银色线条的车。估计是他钟爱的常用款。

我们不光租了蜗牛车，还租了机车服。

机车服上安装了 PH 系统。这个系统会将蜗牛车的功能和驾驶员的感官互相连接，以调整车体行驶时的倾斜角度，还能通过读取驾驶员的心跳、血压判断其是否恐惧来调节车速。这个系统能有效避免发生事故，即使是初学者也可以放心驾驶。

我们推着蜗牛车离开租车店，之后就开上了专用车道。胜原大概考虑到我是新手吧，故意开得很慢。我跟在他身后，头盔里的虚拟显示器上显示出十公里的时速，也就是个骑自行车行的速度。

多亏了机车服，我骑上蜗牛车的那一瞬间，身体就适应了。虚拟显示器上出现了五颜六色的图标，并用记号标记了各条道路及其拥堵程度。

胜原通过无线通话功能打了个电话给我："拐弯的时候用不着动把手方向，只要将身体朝想拐过去的方向微微倾斜就可以了。把你的视线转向拐弯的方向，PH 系统就会自动运转起来，你按照系统指示的做就行。可能会有一种身体被拉扯的感觉，不过你别慌，要是你的姿势不稳定，系统会一直微调，这样反而更吓人。驾驶蜗牛车的诀窍就是不要乱动。剩下的交给 PH 系统就好。要练习一下吗？"

还没骑到拐弯处，胜原便在笔直的路上一次次走着"S"形路线。

他心情愉悦地左右摇摆着蜗牛车。从他身后看去，仿佛人车合二为一了。

我盯着前面的路，把视线朝左偏了一些，并微微倾斜了一下身体。车也随之而动，朝与我身体相同的方向微微倾斜，开始斜着行驶在专用道上。而当我坐直身体，视线转朝反方向后，蜗牛车就开始朝右倾斜着行驶了起来。我并不觉得吓人，又大幅度地倾斜了一下，这时车子调整了一下角度，把我的身体拉了起来。应该是防摔倒功能启动了吧。

我不禁在无线电话里对胜原说道："太好玩了！"之后，胜原就加快了速度。我也跟了上去，虚拟显示器的速度变为时速二十公里。

专用车道两旁流逝的街景，有种令人怀念的杂乱感。对于十岁前都住在外面世界的我而言，这些街景应该是再熟悉不过的了，可最近我都快忘记眼前的景象了。

狭窄的街道上，既有高耸入云的高层建筑，又有低矮的廉价公寓和店面。电动车仿佛要把这些高低错落的建筑之间的缝隙缝合起来一般，慢速奔跑着。春末夏初之际的黄昏，在此刻依旧明亮。虽然天空布满了云朵，但没有要下雨的迹象。应该可以顺利回家。

我心想：外面的街道以前就这么杂乱无章吗？还是说因为我看惯了教育实验都市里整齐划一的景象，才会有这种感觉？

突然，耳边响起了音乐。是胜原头盔里放的背景音乐连接到我这儿来了。

轻快的钢琴伴奏和厚重的电吉他声响完美结合。有些沙哑的男声，被诙谐的调子盖了过去。胜原一边吹着如狼人号叫般旋律悠长的口哨，一边加快了车速。

我们之间的车距转瞬间就被拉开。

我任凭系统自己运行，跟着胜原奔驰。

驶离专用车道之后，胜原进了蜗牛车停车场。他立起脚撑停好车，又取下头盔放进收纳箱，便穿着机车服朝这边走来。大概是想去了其他地方就立刻回来吧。

我把蜗牛车停在他边上。解开头盔后，呼吸顿时顺畅不少。虽说头盔上有冷却层，也设计得十分通风，但毕竟罩着整张脸，在这个季节戴着难免闷热。摘下头盔感受到温热的空气后，整个人瞬间放松了。

胜原并没有马上前往繁华街，而是朝着一个公园走去。那不是供孩子们游玩的小公园，而是一个约会圣地——很多情侣约在这儿见面，还会没羞没臊地在长凳上搂搂抱抱。

胜原说，他和朋友约好了在这里见面。

我们向前走了一段路，来到喷泉旁边，那里的长凳上坐着三个年龄和我们相仿的女孩。她们看到胜原，立刻条件反射一般站了起来。

“我带了个新朋友过来。”

胜原催我介绍自己，我只好将姓告诉了她们。

三个女孩子也告诉了我她们的名字，但并非全名，而是小惠、由纪代和瑠奈。

她们打扮得很时髦，就跟从时尚杂志里走出来似的。她们或是穿着薄薄的连衣裙、过膝长袜和肩带较细的吊带衫；或是用一条缝着绸带和蕾丝的打底裤裹着腿，穿着低跟鞋。她们身上背的不是小挎包就是单肩小皮包，里面除了化妆品什么都不放。耳朵和脖子上，也都闪烁着人工宝石的光芒。

三个人里数小惠长得最端正，但她看起来没什么朝气，像是在害怕什么。由纪代个子挺高的，但长得很瘦。与其说是个文静的女孩子，倒不如说有些自卑，文弱的眼神让人在意。瑠奈是个小圆脸，眼睛大大的，看起来开朗而稳重，正是我喜欢的那类女孩。她把黑色长发分成两半，细致地辫成了两颗丸子头。和小惠、由纪代相比，瑠奈微胖，皮肤也更白。

三个女孩的笑容有些别扭，我意识到自己并不受她们欢迎。她们应该都是冲着胜原来的，我这个陌生人只会坏她们好事。

胜原开口说：“我们骑蜗牛车来的。只能载你们中的两个，三个人肯定载不了。”他意味深长地看着三个姑娘，“你们自己决定谁留下吧，反正我都无所谓。”

“真过分！”率先回应的是小惠，“不是你叫我们三个人一起来的吗？”

“计划有变。你要是不爽的话就别来。正好你退出了，其他两人就可以跟我们走了。”

女孩子们面面相觑，都露出了不想退步的眼神，但也没有人提出用抓阄或者猜拳来决定去留，只是不停地说着“都被叫出来了，怎么能轻易回去呢？太没面子了！”这种话。

“你们快做决定！”胜原催促道，“别因为你们中的一个，搞得大家都不开心。还是说，你们三个都不想去了？”

“胜原来决定吧。”由纪代说，“这样我们也就没有怨言了。”

“别命令我。你们自己决定。”

“那个……”我插嘴道，“我不知道你们打算去哪儿，但可以把蜗牛车停这儿坐电车过去。这样的话五个人就能一起去了。”

下一秒，我胸口就挨了胜原一拳。那不是开玩笑般的打闹，而是毫不留情的猛击。

我当即站立不稳，跪倒在地。我双手捂着肚子，疼痛传遍了全身，令人呼吸困难。太阳穴上渗出些许汗水，我一时间痛得无法动弹。在双E区待太久了，对于他人毫无顾忌的暴力行为，我甚至不知道该如何反击。

这和我上小学时在外面世界与人互相打闹的性质完全不同。我十分清楚，这里的“打架”，是有可能让人受重伤的。

胜原低头在我耳边温柔细语道：“要是对我指手画脚的话，连你我都会揍。知道不？”

我抬起头，听到胜原又对女孩子们道：“协商解决不了的话，就打一架吧。”

“打架？”由纪代畏惧地反问道。

胜原点点头：“对。你们打一架，决定谁留下。赢的两个人可以跟我们一起去，输的人就乖乖回家去。”

由纪代愣在原地，而这时有人从背后一脚踹飞了她，是瑠奈。被年纪最小的瑠奈踹了一脚后，由纪代仿佛受到了不小的打击。她个子虽高，但太瘦弱了。大概是意识到了自己体力上敌不过瑠奈吧，由纪代的表情变得十分严肃。她猛地推了瑠奈胸口一把，但瑠奈只是稍微蹒跚了一下。

看着已经打起来的两人，小惠有些仓皇失措。

“二打一的话会比较快。”胜原笑着向她建议，“又轻松，又省时。快想想你要和谁一队吧。”

小惠痛苦地挣扎一番后，似乎下定了决心，站到了瑠奈这头。由纪代盯着两人，比起斗志，她眼里更多的是强烈的恐惧感。

胜原又开口了，不过这次是对被孤立起来的由纪代："她俩打你一个，用一般的法子你肯定输。"

"那我该怎么办才好？"

"当然是要动脑子。"

胜原离开我，朝女孩子们走去。他边走边解开便携信息终端，把终端上用以固定的银色腕带缠在拳头上，并把操作面板捏在手里。他直接越过由纪代身边，朝正出神地盯着他的小惠脸上，直勾勾地来了一拳。

这一拳和放倒我的那一拳一样，毫不留情。看来胜原并不会因为对方是女性就手下留情。

小惠像被打飞了似的一屁股坐倒在地。她双手按着口鼻，指缝间传来闷闷的哭泣声，还渗出了鲜血。鲜血顺着她脖子流下来，很快就染红了连衣裙的领口。

胜原用机车服擦掉终端上的污渍后又戴了回去，对由纪代和瑠奈说："看到没？我都示范给你们看了，快决出胜负吧。"

小惠突然"哇"地叫了起来，顶着满脸的血泪和污渍站起身，朝由纪代和瑠奈冲去。

这之后的一切，只能用惨不忍睹来形容。

三个女孩子彼此扯着对方的头发，厮打起来。她们已经没了那种"两人联手来快速对付一人"的优哉心态。只要是手能碰到的地方，她们都会拉扯、抓挠、扭打，甚至用脚踹。不断跌倒使她们的衣服上沾满了灰尘，彼此的鲜血也令衣服满是污渍。眼前的光景就好像是穿着斑斓羽衣的仙女在哀号着厮打一般。

我茫然地看着眼前的一切，踉踉跄跄站了起来，继而无措地看着她们三人。

为什么？为什么她们三人一下子变得如此“投入”？做到这一步，难道就为了和胜原出去玩？与其这般厮打，有一人主动退出岂不更好？难道她们为了博胜原的欢心，甘心弄得浑身是血？

难道是药物上瘾了，不跟胜原走的话就拿不到药？如果是因为这个，那倒还能理解……

我斜眼看着胜原。

只见他静静笑着，很是享受地看着女孩子们的厮打。

我背上一阵恶寒。

我突然明白为什么胜原今天要把我带来了。

他应该就是想让事情发展成现在这样吧。他带了一个不该出现在计划中的男伴，还把交通工具改成了蜗牛车。这样，他才能让其中两个女孩孤立另一个。

胜原自然知道女孩们不会同意被撇下，也知道她们即便心里不服，也不会忤逆自己。

如果是普通朋友之间，一定是胜原这个破坏约定的人被孤立。女孩子其实很难对付。特别是好几个女孩子在一起的时候，她们大可以不理我们，自己去玩。

可眼前的这三个女孩却没有这么做。我不知道原因，大概是被胜原精神控制了吧……

最后，倒下的人是小惠。她侧腹依然起伏着，应该没有受致命伤，但她的状态显然很不好。看来是胜原一开始揍的那拳起了效果。

由纪代和瑠奈的样子也惨不忍睹。她们转向胜原，大口喘息着说道："搞定了。"

胜原欣慰地点了点头，走近她俩，亲了每人一下："很棒。但你们现在这样子不行，去厕所收拾一下，然后去主干道买几件新衣服吧。我来买单。"说着，他从口袋里掏出消毒药和创可贴，递给了她们。

由纪代和瑠奈露出微笑来，马上就一起跑向厕所。

胜原走向孤零零的小惠。小惠没有抬头，而是蜷缩着躺在地上，一直大口喘着气。

胜原拿鞋尖轻轻踹了踹小惠的侧腹，然后蹲下身，在她耳边念叨了什么。小惠双手按住耳朵，用力摇着头，发出轻微的惨叫声。她大概是不想听胜原说话吧。胜原也没有再理她，一言不发地站了起来，回到我身边："走了。我们要用蜗牛车载人，你行不行？”

“那她呢？就把她扔在这儿不管吗？”

“没事的。”胜原邪邪一笑，“她看上去是流了很多血，其实伤得没多重。”

“她一个人回得了家吗？”

“你忘记我刚才的话了吗？对我来说，现在就算四个人变成三个人也无所谓。”

我沉默地盯着胜原。

胜原轻笑道：“果然不出我所料。不用我把话挑明白，你也都懂。挺好。”

“要是我觉得不自在了，也会二话不说走人。”

这对我来说，已经是拼尽全力的反抗了，但对于这苍白无力的说辞，胜原丝毫不为所动，只扔了一句“随你便”给我，就朝两个走过来的女孩挥了挥手。

我们骑着蜗牛车去了繁华街，但没有怎么玩。虽然我们打扮得很成熟，但我们毕竟是未成年人，能去的地方没几个。

无论是双E区没有的刺激游戏场，还是能点酒的餐厅，到处都是一些和我年龄相仿的年轻人。光看他们的打扮，还无法判断他们是否成年。

一开始我因这些刺激的东西很是兴奋，但习惯后，激情一下就退去了。

这些东西也不过如此——这是我内心的真实想法。

由纪代和瑠奈像是第一次晚上出门的孩子似的，特别兴奋。我看不出她们是真的觉得高兴，还是为了驱散刚才的不堪体验在虚张声势。

最后，我们去了一个能“休息”的便宜旅馆。蓝卡在这儿也能使用。胜原要了两个房间，把一个房间的房卡给了我：“一小时后出来。由纪代跟我，瑠奈给你，记住没？”

我其实一个人都行，但要是拒绝胜原的话，不知道他又要说什么了，我只好和瑠奈一起去了房间。

我们的房间在胜原房间楼下。室内比我想象的更普通，但房间挺大的，也算物有所值。启动3D影像系统，就可以将室内切换成公园、海边和森林等各式场景。甚至还有沙漠、废墟和工厂仓库。我心想，谁要用这种场景啊。不过一转念，又觉得有些人说不定在这些场景里会更兴奋。

我打开冰箱，从里面拿出两瓶果汁，递了一瓶给瑠奈。

瑠奈接过果汁对我说了一声“谢谢”，催促道：“没多少时间，赶紧洗个澡吧？”

“我没打算和你睡。”我果断拒绝了，“没兴趣。”

瑠奈看我的眼神有些受伤:“我就这么没有魅力吗?”

“我不是这意思。”

跟她说明情况挺麻烦的,而且要是将理由罗列给她的话肯定又会打击到她吧。瑠奈很迟钝,她根本不会想到我的话会让她更受伤,这点让我非常烦闷。

我没坐在床上,而是坐到了沙发上,打开果汁一饮而尽,碳酸滑过喉咙的感觉令人舒畅。瑠奈也一言不发地喝光了果汁。

她舒展手脚在床上滚来滚去,最后朝我问道:“你和胜原认识很久了吗?”

“没有,我和他只是同班同学,一起出来玩还是第一次。”

“你为什么来这儿玩?待在双E区很不自在吗?”

“不管去哪儿,我都不会觉得不自在。”

“那你为什么要来这儿?”

“因为好奇。”

我把空瓶放在桌子一角,问道:“倒是你,为什么要和胜原那种暴力的男人交往?”

“原因很复杂。”

“你们为了胜原,似乎连杀人都不在乎。把朋友打成那样,不会内疚吗?”

“刚才那种情况要是不按胜原说的去做,挨揍的就会是我们了。”瑠奈麻木地看着我，继续说道，“还有，我也能跟其他男生像这样成群结队地出来玩。”

“你喜欢胜原吧？难道你更喜欢和其他男人上床？”

“嗯。胜原在床上也有些暴力。”

“既然他这么对你，为何不报警？”

“别担心。其实没有很过分。只是会有些刺痛，不会受伤，能够好好走回家的。”

是电击吗……我这么猜测着。是引了插座上的电流，还是用了小型电击枪呢？

我觉得有些恶心。不是因为胜原，而是因为遭遇了暴力还不逃跑的瑠奈，“除了胜原，你还在和其他男人交往吧？那为什么不赶紧和他分手？”

“和谁交往都一样。”瑠奈叹着气道，“即使看上去很温柔的男人，也会有凶狠的时候。只要觉得自己是对的，就会毫不在乎地对人施暴。内战时的大屠杀不就如此吗？连街坊邻居都能突然自相残杀起来。不动手的男人也会靠言语去伤害他人，一直伤到对方无力还击。”

“可在我看来，你也很暴力。”

“那是自然。女人也一样。其实人都一样，多多少少都有暴力倾向。但和胜原在一起的时候，这些不安多少能消散一些。”

“为什么？”

“我也不知道，但我心里就有这样的感觉。”

瑠奈的言谈中充满了一种我不太想去弄明白的含义。不过，被胜原吸引的这种感受我多少也能明白。因为我也是怀着差不多的心情来的这儿。他身上可能有一种能让人按他所想去行动的魔力。

瑠奈懒洋洋地说道：“难得出来，要不要睡一次？”

我摇了摇头，又有些在意地问道：“如果不做，胜原是不是又会以此为借口对你动手？”

瑠奈微微点了点头。

我差点儿就骂了出来。要是做了，胜原大概会从瑠奈嘴里问出些细节吧？

“我不会和你睡的。”我稍微缓和了一下语气，盯着瑠奈，“我会去和胜原说的。所以你也不用逼着自己。”

瑠奈愣住了。大概我是胜原带来的男人里，第一个和她说这种话的人吧。

在管理系统确认是否要加时前，我们就离开了房间。我们穿过玄关，去了停车场等胜原他们。

胜原和由纪代稍稍晚了一点，但也没有延时。我担心胜原会粗暴地对待由纪代，但看上去并没有。刚才让她们在公园打了一架，所以今天应该不会再为难她们了。

瑠奈羡慕地看着由纪代。说不定不动粗的胜原在床上很有魅力吧。我再次庆幸自己没和瑠奈做爱。我可不想床上功夫被拿去和胜原做比较。

我们在大道上走了一会儿，就和两个女孩分开了。

坐列车回到双E区时，正好快到九点。胜原内心虽然颓废，但还是个信守承诺的男人。

在还了蜗牛车、走去车站的路上时，胜原问我今天开不开心。

“一般般吧。”我回答道，“并没有好玩到还想再来一回的程度。”

“看来你不喜欢女人。”

“不管你找来谁，我都不喜欢。而且我讨厌暴力。我不想和会对女人动手的人交朋友。”

胜原轻笑道：“我们可不是什么朋友。我们不就是说好这一点，才一起来这儿的吗？”

“这倒是。”

“你要是不喜欢女人的话我下次就不带了。我们换个法子寻乐吧。你要不要当斡旋人？”

“什么斡旋人？”

“就是靠我们两个，带更多的人到外面的世界去。”

“这话什么意思？”

“就是字面意思。我们把‘守门人’的存在，透露给那些想去外面世界的人。当然，要是告诉同一个学校的学生，事情会很容易暴露，所以我们要选好目标。”

“那你又要怎么去找这些人？双E区的网络管制很严，我们根本没法儿建暗网。”

“我们不利用网络。我们去那些未成年人最喜欢聚集的地方，通过口头交流散播消息。当然，我们不能直接把这件事告诉他们。我们得找出那些有兴趣的人，让他们察觉到有办法去外面的世界。”

据胜原所说，斡旋人不是直接的中介，而是负责散播情报的种子。散播种子，并为人铺路。我们所做的，不过是诱导罢了，并非要直接带他们出去。

不过，我们需要牢牢掌握目标对象的个人信息。我们必须告诉“守门人”，我们在什么地方把信息散播给了什么样的人。日后对方和“守门人”的交易成立之后，我们的账户上才会有钱进账。

至于找到“守门人”的方法，则是像游戏道具似的隐藏在情报网的各个角落。除了我们，也有其他斡旋人，大家相互之间没有任何联系，只会流出一些并不连贯的线索。

将流言中的点滴信息拼凑起来，就能找到“守门人”。胜原也是这样才接触到了“守门人”。

我问他：“那把我介绍给‘守门人’时，你是不是也拿到了斡旋费？”

“你这话说的。不过，带你出去确实也有这层原因。我需要钱，很多钱。”

“‘守门人’信得过吗？”

“目前看来，信得过。”

“要是他被逮捕的话，警方自然就能顺藤摸瓜找到我们了吧？”

“十有八九吧。”

“你不怕吗？”

“要是没这点觉悟我也干不了这事，毕竟是违法的勾当。出来混，迟早要还的，到时候能逃走自然是运气好，逃不掉也只能认命了。”

我终于明白自己为什么会被胜原吸引了。

胜原并非是用友爱，而是用恐惧抓住了我的心。我轻视双E区甚至所有人类，且对一切都不为所动，胜原却用最危险的方法动摇了我。这方法要是叫双E区的管理官知道了，恐怕会火冒三丈吧。

只要跟着他，我这辈子就不无聊了。

我回答道："好，我跟你合作。只不过，虽然斡旋这事儿我会和你合作，但我不想再像今天这样在闹市区转来转去。我对那些老套的玩乐没兴趣。钱到账了我想怎么用就会怎么用。而且我不和你一起行动。你不介意吧？"

"你爱怎样就怎样。"胜原出人意料地干脆，直接认可了我提出的要求，"下次见面前我会做好属于你的蓝卡。你在外面的世界想怎么玩，都随你。"

回到家后，父母都还没回来。房间系统已经提前将我会经过的地方依次亮起了灯。

客厅并没有准备过晚饭的痕迹，不过厨房里放着一些简易食品。这叫我不禁做了个鬼脸。

肚子有些饿，于是我吃了些芝士和脆饼干，又来了一杯咖啡。

我洗了个澡，马上就回房间躺下睡了。

一夜无梦。

* * *

我父亲是个电影导演，但他没拍过什么一流作品，只有一些放在网上供人观看的简单娱乐作品。制作这种作品，只需要很少的人手。

利用数码素材创作出宛如现实的世界的天才——这名头听着好听，可现在能做到这一点的人，数不胜数。

在人造演员系统发达的今天，群演场景就不用说了，连主角的脸都是电脑合成的。现在的电影，别说“手感”“肌肤触感”“舌头触感”，就连“味觉”“嗅觉”“温度”都能通过接口传递给观众。只要有昂贵的传感器，观众就能与电影中的登场人物共感，体验剧情以外的更多乐趣。

或许正像胜原说的那样，我父亲的电影作品中，除了剧情，其他内容都相当引人入胜。所以，才会小有名气。不管在哪个时代，最能倾诉人类感性的，总是人与人之间的肌肤相亲。

我父亲走了点小运。他的处女作是部普通得不能再普通的青春爱情电影，但获得了很多年轻女性的好评。电影网站上，这部作品拥有高得令人难以置信的点击量。

有娱乐产业人士发现了这部作品，便向父亲抛出橄榄枝。他们出资让父亲拍摄电影并为父亲宣传，相对地，父亲需要在电影里面植入这些企业的广告。

这是一个通过观看电影，为个人感觉终端播放最适合的广告的系统。电影中会悄无声息地植入赞助企业的新品，而人造演员则会展示这些产品的优点。

父亲第二部作品的故事内容和第一部大同小异，所幸也大卖了。父亲开始觉得自己能立足于电影行业，甚至还梦想着进入一流导演之列。

按照赞助商的要求，父亲接连拍了好几部作品。哪怕是毫无诚意的流水线制作，观众们居然也都买账。

赚到钱后，父亲和出演他电影的女演员结婚了。她演技平平，也没有特别聪明，但样貌、身材和声音都非常出挑，是个适合上电视的华丽女演员。这就是我的母亲。

母亲曾坚信自己跟中了彩票一样幸运，但没过多久，她就觉得自己可能看错了彩票上的号码。

很快，父亲的电影就没落了。没人知道为什么他的电影突然不卖座了。父亲对自己电影的品质很有信心，所以怎么都无法接受现状。

虽说是不卖座了，也还没到无人问津的状况。他的作品依旧有人观看。从他出道至今的所有作品，只要放在网上，每天就会有一定的点击量。

父亲的人生，可能正是被这种状况搅得一团乱吧。

要是他的作品彻底为人们淡忘，他大概就能看清自己已经江郎才尽，也就能死心了吧。

可现在的状况让他觉得，至今都还有人在看他的作品，因为还有点击量。

这让父亲产生了事业或许会迎来第二春的错觉。他觉得现在只是诸事不顺，说不定某天突然就时来运转了。

这就好像赌徒心理。

输得越惨就越下不了赌桌。父亲失去了离开赌桌的机会，开始了永无止境的堕落。

现在，我们一家三口靠着父亲过去的火爆作品生活。包括电影盈利、游戏改编的版权费，另外还有母亲当模特、演戏的收入和以前投资股市的收入，堪堪能维持体面。

父母关系变差的导火索，正是胜原之前提到的那部电影——用我的脸合成人造演员后制作的成人电影。这是发生在我九岁时的事。

当时我并不知道父亲那么做了，母亲当然也被蒙在鼓里。后来事情暴露，我倒没什么，母亲却很愤怒。她头一回和父亲吵架吵到拿东西砸他。

“把你亲生儿子融进这种电影，你都不觉得羞耻吗？他的脸就留在电影里了啊！会永远留在里头！等他长大之后，你要怎么跟他、跟别人去解释这件事？”

“谁叫他长这么好看，我一时鬼迷心窍就用了啊！”父亲双手抱头，在房间里来回逃窜，“他和你一样，相貌特别出众。哪怕是我的亲儿子，也美得让我头晕！没有一个电影人愿意错过这样的素材。而且我做了加工，还改变了肤色呀。再说了，又不是让他自己来演的。不是说‘女大十八变’吗？男孩也一样啊，以后慢慢就会看不出来是他的，不用那么担心啊！”

这样的理由自然说服不了母亲。她把一个陶碗砸向了父亲。这是家里开派对时专门用来装沙拉的碗，特别大。父亲因此受了不轻的伤，需要去医院缝针。我也被割伤了额头和手臂。母亲看到我满头鲜血、一直茫然地站在房间里，才清醒过来。

母亲铁青着脸，连忙开了车载我们去了综合医院。

我和父亲一起进了治疗室接受伤口处理。为了不让院方报警，父亲向医生撒了谎。对方并没有深究。毕竟这样的家庭比比皆是。

离开治疗室，前往等候室的途中，我对父亲说：“你把妈妈惹恼可没什么好事。她不是个讲道理的人。”

父亲皱眉道:“你也觉得是爸爸的错吗?”

“没有。我对电影内容一点儿也不在乎。电影都是演的。”

父亲叹着气,说:“你比你妈妈成熟多了。”

“不是我成熟,而是你和妈妈都太幼稚了。”

“电影如同魔鬼。”父亲意味深长地说道,“越拍就越难以自拔。渐渐地,变得什么都想去尝试,并以此为荣……你希望爸爸不当电影导演吗?你和妈妈一样,希望我变回普通人,老老实实去上班吗?”

“这些问题不应该来问孩子吧?”

“也对。”

“我对爸爸拍的电影没太大兴趣,所以也不知道这份工作到底有没有价值。”

“是吗?不过你这个年纪肯定是比较喜欢科幻或者奇幻冒险电影的。爸爸也记得自己小时候看这些电影确实很开心。”

“爸爸为什么不去拍这些电影?”

“奇幻冒险类的电影很难拍,需要很多优秀的工作人员。”

“拍给小孩看的电影反而费时费钱吗?”

“比起金钱,时间和才能更重要。要将这个世界上不存在的东西,拍得跟真实存在似的独具魅力……需要花很大的精力,更需要极强的灵感。这和拍摄真实存在的东西有所不同。”

“爸爸其实比较想拍这些不存在的东西吧？”

父亲点了点头：“是的。但爸爸没有这种才能。即便我能理解这之中的乐趣，也没有去创造这种乐趣的才能。”

“那为什么不和那些能拍这类片子的人做朋友，让他们和你一起拍呢？”

“你太聪明了，聪明得让人有些讨厌。”

之后我才知道，父亲那五年的没落绝非一个“惨”字能形容。不光是电影不卖座了，他和赞助商还有工作人员也闹过矛盾，制作公司几乎摇摇欲坠。

即便如此，他想拍电影的热情依旧如同熊熊烈火长存不绝，所以他努力建立新的人脉，积极出现在电影行业的各种社交场合。他努力展露营业性的笑容，去争取能为电影拍摄提供资金的工作，哪怕其本身没有任何价值。

我没有看不起这样的父亲。

当然，也无法对他燃起尊敬之情。

我只是替他的努力感到惋惜。如果没有养育妻儿的责任，父亲应该能更自由地去拍电影吧。甚至还能选择即便流落街头也要与事业同进退的人生道路。其实那样也不失为一个完美的人生。

这么一想，我便觉得自己不该出生在这世上。毫无疑问，父亲正被养育妻儿的生活压力逼得无比被动。

我是父亲的儿子，也是他人生的绊脚石。

母亲自从这件事以后，就经常念叨着“还不如死了算了”。她大概是觉得自己一直以来都在压抑自我为生活努力着，而父亲的缺心眼，却肆意践踏着她的这份努力。

其实，父亲也是想尽自己所能去赚点钱。母亲即便不满那部电影，也不该指手画脚。那部电影还挺卖座的。

但母亲心中的落差感怎么也无法消散。

家里只剩我和母亲时，她经常哭着嘟囔着想去死。可我从没见她尝试自杀。

有一次，我问母亲：“既然你这么想死，要不我杀了你吧？只要妈妈能解脱，我不在乎进监狱。”

母亲吓得目瞪口呆，响亮的耳光立刻落在了我脸上。这是母亲第一次这么打我。

“我不准你说这种话！”母亲高声叫道。她不是在吼我，而是在哭泣，“不准你随便说出杀人这种话！也不准你进监狱！更不准你变成这么恬不知耻的人！”

我不明白母亲这话是什么意思,也看不懂她的态度。真的想死的话就不要顾虑那么多,直接去死不就好了？这并非讽刺,而是我内心的真实想法。

母亲很可怜。正因为她有能力去抗衡这还未至绝境的不幸,她才无法轻易退出人生这场游戏。就如同父亲无法离开名为电影的赌局,母亲也无法离开人生这场赌局。她的目标太过不切实际。正因为她清高地想和人生斗争到底,才会一直饱受折磨。这样的母亲,让我对她心生怜悯。

所以我才会想,要是死能令她解脱的话,我愿意帮她。可母亲很生气。看来这和学校的考试不同,并非能轻易解开的难题。

很难得地,母亲居然把这事告诉了父亲。客厅里就剩我和父亲时,父亲对我说教道:"你可不能再惹你妈生气了。"

"可妈妈真的想死啊。她每天都和我抱怨的。"

"这个叫作夸张。"

"夸张？"

"人有时候就是一种口是心非的动物。"

"为什么？编织语言的不就是大脑吗？灵魂就在我们的大脑中。说的话和大脑想的事怎么会不一样呢？"

"人工智能确实是所言即所思,不会有矛盾。但人却不同。正因为人会思考一些自相矛盾的东西,才会有新发现。"

“我不太明白。”

“等你长大后就会明白了。总之，不能再让你妈这么难过了。要是再惹恼了她，遭殃的可是咱俩。上次去医院的时候，你不就是这么说的吗？”

听了父亲的解释，我依然没弄明白母亲究竟是想死还是不想死。当然，也有可能是父亲的解释错了。有什么方法能证明我心里冒出的某个念头一定是错的吗？

我把心中的疑问告诉了父亲，父亲却大声道：“别问我这么复杂的问题。总之，不准杀死你妈妈。就算她每天都喊着想死，也不准当真，听过就好。她这么说都是为了释放情绪。大人有时候就需要通过这种方式释放压力。”

我还是无法理解，继续追问道：“妈妈有没有确切地和你说过她不想死？就算她以前这么说过，也没有办法证明这是她的真心话吧？人类既然是矛盾的生物，那他们口中的‘我不想死’不就有可能是假话了吗？那人类真正的想法又隐藏在哪里呢？我真的不明白。要怎样才能推测别人的真实想法呢？哪些话才能够相信，又要怎样去相信他人呢？”

父亲被我问蒙了，说完“今天就饶了我吧。这些问题你应该去问那些脑子聪明的人”，就逃也似的离开了客厅。

这之后没多久，父亲得到了双 E 区的居住权。父母对我的想法和态度有些担心，开始觉得只要进了双 E 区的学校，我的想法也许就能变正常。

也就是说，父母完全把我扔给了名为双 E 区的“教育家”。他们大概是觉得自己解决不了的问题，教育实验都市或许能解决吧。

教育实验都市拥有顶级的教育、最强的道德观和伦理观。他们能代替父母引导孩子拥有崇高的思想。

据说能住进双 E 区，也就证明其本人具有一定的社会价值。看到父亲炫耀般拿出居住证明，母亲开心得不得了。明明之前一直在抱怨“真不该和你结婚的”“干脆找个律师离婚算了”，此时态度却一百八十度大转弯。她飞奔过去一把搂住了父亲的脖子，开心得跟个孩子似的。

想住到双 E 区的人多多少少都有和我父母一样的考虑。他们觉得这里是家庭和社会紧密联系，能教给孩子正确价值观的地方。在这个国家，只有在双 E 区，才会人人都能与社会紧密相连。

搬来之初，我觉得双 E 区就是一个温室，或者说是单纯为了培养下一代的玻璃盒。它和人工子宫极为相似。

* * *

胜原带我转遍了双 E 区：音乐厅、迪厅、运动竞技场……当然，这些都是符合双 E 区规定的“健康”娱乐场所。但是，出入这些“健康”场所的年轻人，未必都是“双 E 区所期望的身心健全的学生”，这我倒是第一次知道。

我们开始和在这些地方认识的人频繁出入咖啡厅和快餐店。在吃吃喝喝几回，渐渐熟悉起来之后，胜原开始向他们透露外面世界的信息。由于这不是可以随便提起的话题，所以我们需要事先选择对象。

胜原很擅长发现那类容易被怂恿的人。而这一点，我是做不到的。因此，我只负责在胜原提及外面世界的事时，适当地附和一下，表现出一定的兴趣。

有些人在胜原自说自话的时候还存有戒心，可一旦我也加入其中，他们基本上也就开始谈论外面的世界了。和胜原一起干斡旋人的工作，有种在唱双簧的感觉。引对方上钩的过程还挺有意思的。

想去外面世界的未成年人数量远超我想象。我们稍稍散播一点信息，就可以坐等中介费汇到账户上来了，虽然金额也就和零花钱差不多。

胜原替我做了一张蓝卡。

我在外面的世界只会用蓝卡来支付蜗牛车的交通费和饭钱，这些费用并没有多少。我并不热衷繁华街的违法游戏、赌博，也不喜欢和他人交游，且对酒精和药物也没有任何兴趣。

我痴迷的，是查阅双E区中严格限制的“信息”。

我在外面的世界又购买了一台便携信息终端。

双E区的便携信息终端，其硬件功能非常有限。连成年人使用的终端也有各种限制，因为他们大都不愿看到肮脏世界、不愿听到粗鲁语言，便蒙上了自己的眼睛和耳朵。

外面的世界，充斥着大量我在双E区内无法接触到的原生资讯，涵盖了电影、艺术、文化、政治、经济和生活的各个领域。我开始一一享受起来。

无论是在街角还是在公园，我都沉浸于虚拟显示器所展现的世界。

正好暑假开始了，我变得更加大胆，频繁出入外面的世界。

通过新终端所接触到的世界，无论是创作作品，还是现实生活信息，都是那么地鲜活刺激。它那无穷无尽的深意，与其说是令我大开眼界，倒不如说是在散发着一股乡愁的气息。

我曾经是如此了解这一切。当我还生活在外面的世界时，对这些东西了如指掌，虽然那时我还只是个孩子。人类不曾被“矫正”的生命力和肮脏，即便欺骗他人、揍倒他人也要继续活下去的顽强——自从我来到双E区之后，这些都被我彻底忘却了。这就是人类的业障。

在双E区，对于人生来说有意义的东西，从一开始就要经历严格的筛选，而后再从绝对没有问题的几个选项中，选出一个相对中意的选项。

而在外面的世界，人们是自行建立价值观，为此，要不停地探索，如同在污泥中寻找闪光的宝石一般。同时，没有人可以保证这些宝石一定存在。

然而，凭自己的能力去探寻、去回味、去思索，去考察其价值才显得格外有趣。

胜原完全不介意我单独行动。不过，因为这份斡旋人的工作，我和胜原在学校或者放学之后单独见面的机会多了起来。当然，我们之间并非一起玩闹的好友关系。我们不过是平淡地交流双方的现状和情报罢了。

只有一次例外。

有一次，我在外面的世界被一个年龄相仿、打扮时髦的年轻人叫住了。他戴着银色的最新款头戴式无线终端。

当他问我是不是经常和胜原在一起时，我点了点头，然后胸口就被他一把抓住了。虽然没弄明白来龙去脉，但我马上就反应过来：出事了。我立刻一拳打在对方脸上，趁他发出惨叫放开我时拔腿就跑，他则是破口大骂追着我。他大概在喊着“还我钱”“都怪你们”之类的，不过我没心情仔细听他在说什么。

我飞奔进仿若迷宫的繁华街，总算是躲过了他。有好一阵，我的身体都因恐惧和兴奋而颤抖不已。

我咽着口水，努力让自己平静下来，开启终端联系了胜原。把事情的经过告诉胜原之后，他让我告诉他对方的外貌特征。

“我录像了。”我说，“逃跑的时候我开启了终端的录像模式，拍得挺清楚的。”

“干得漂亮。数据发送给我。”

看到我发过去的图片之后，胜原马上就知道对方是谁了。胜原说，我们之前和这人搭过话，还说接下来的事他会处理，所以那天我就直接回家了。

几天之后，我在学校里被胜原叫住了。他说他查到那个戴银色无线终端的人是谁了，还叫我和他一起去外面的世界看看那人。

虽然我们说好了在外面的世界都分开行动，不过这次情况比较特殊，所以我还是决定跟胜原走一趟。放学之后我跟着胜原一起去了外面的世界，但不见胜原去某个明确的目的地，而是在街上徘徊。他说他在等同伴联系。

终于，胜原的终端收到联系，我们前往了游戏厅。

“那人沉迷违法游戏。”胜原向我介绍那个人的情况，“他不知道从哪儿打听到了我的事，整天吵着要我告诉他哪儿有更刺激的游戏厅。我随便告诉了他几家，跟他收了些信息费。不过他好像对这几家店不太满意，反过来朝你撒气。真是会找麻烦的家伙。我会让他好好跟你道歉的，你也消消气吧。”

来到游戏厅之后，胜原联系了店里的同伴。本以为他要进店，没想到他带我去了其他地方。我们沿着晚上没什么人的河边小道来到桥下的阴影处，静静等待着胜原的同伴和那人。

过了一会儿，我们看到那人牵着一个女孩子朝我们走来。他们身后不远处跟着三个男人，正在慢慢接近他们。那三个男人看上去比我年长一些。追上两人之后，他们讲了几句话后便不由分说地把那家伙打趴在地。女孩子马上就逃得没影了，那三个男人并没有去追赶。看来这个女孩应该是钓他上钩的诱饵吧。

三个男人用小型警棍和指节铜环殴打着那人——他们在用最省力的方式给予对方最大的伤害，显然有备而来。我跟冻住了似的一动不动。当我明白要给他点颜色瞧瞧意味着无论对方如何哀求都毫不理会后，一股恶心的感觉从心底升起，我不由得拿手捂住嘴巴。

任务完成之后，三个男人扯着那家伙的耳朵，大声交代几句，便把他扔在马路上，朝我们走来。胜原走向他们，给了他们三张蓝卡：“各位辛苦了。”

三个男人笑了笑：“还有事的话尽管说，我们随叫随到。”随后看都不看我一眼就走了。

胜原对我说：“你要不要去揍他几拳？现在的话随你打。”

“算了……”

借刀杀人这点确实挺像胜原会干的事。我对胜原这深深的恶意不寒而栗。被揍的那人也是双E区的学生，他若是带着这满身伤回家，一切就会暴露，还会被退学。双E区的居住权估计也会被剥夺吧。

“你想不想骑骑真正的摩托车？”胜原突然转移了话题，“驾照我会给你弄本假的。要是想骑的话随时告诉我。”

瞬间，盘踞在我心中的震惊和厌恶烟消云散，反而扬起一种兴奋。大概是大脑选择性地逃避了压力吧。恐怕胜原正是知道这一点，才会在这个时候说这些话。不过我二话不说就上钩了：“想骑！我早就骑腻蜗牛车了。”

“那今天就让我好好教教你吧。先去店里看看车。”

即便装了 PH 系统，骑摩托车的感觉也和骑蜗牛车完全不同。摩托车有些不平稳，而且必须由人手动控制。

胜原告诉我，这并不是因为 PH 系统不够完备，而是特意如此。

和蜗牛车不同，骑摩托车的人大多更喜欢体验手动操作的愉悦感。

驾驶时没有任何顾虑的是蜗牛车。

一边操控一边驾驶的就是摩托车。

靠自己的技术征服不听使唤的东西——有些人能感受到这个过程的魅力，甚至会故意调低 PH 系统的灵敏度。有些人更夸张，会完全切断与 PH 的联系，进入纯手动操作模式。

胜原曾尝试过一次，结果不小心摔倒了。他说，身体被摩托车甩出去悬空飞起来的瞬间，自己感受到了无与伦比的快感。

或许，死亡是一件让人心情愉悦的事情……那时，他曾这么病态地想。结果落地之后，他就因为受伤带来的剧痛疼得直打滚。这天真的想法，也马上消失净尽了。

我从蜗牛车“毕业”之后，开始沉迷摩托车。我没有想到，换个交通工具就能让这个世界变得如此迥异。

加速飞驰的感觉，有些像化身小鸟翱翔天际。

* * *

我绝不讨厌父母，只是觉得他们有时行为古怪，感情起伏过于剧烈。不过，人类大抵如此吧。

我也有过些许开心的回忆。

父亲喜欢四处旅行，所以经常带我们出门。蔚蓝海洋的暖意、岩滩的气味、松木的悠然清香、极速飞行的游乐园设施、甜点的回忆。此外，还有趴在水族馆的玻璃墙上盯着奇特的生物看。这些我都记得。

每次出去玩，父亲不光拍照，还会录像。回家之后他会把录像剪辑成有趣的影片，在客厅里播放。每当这时，他都会兴奋得不得了，而母亲总是吐槽他。即便如此，那时候的时光也非常快乐。

* * *

刚搬到教育实验都市时，我觉得双E区的孩子就是流水线上的产物。倒不是说他们毫无个性，但可能因为知识水平和生活条件相同，他们的逻辑思考都大同小异——这是我对他们的印象。

跟我同年级的学生大都非常成熟，而且文雅。他们不会跟外面世界的孩子一样说脏话，也不会打架。即便处于剑拔弩张的气氛，他们只要稍微深入想想就不会动手了。大家都是“有教养的好孩子”。

有一次，我因为一点小事和同学吵了起来。对方说双 E 区和外面的世界比起来简直就是天国，我反驳道外面的世界自有它的乐趣，结果对方就嘲笑我幼稚。他说：“人生经验不够的人才会不明白这座城市的优点。成绩好又怎样，小我们两岁的人就是小孩子的思维。”

下一秒，我就动手揍了对方。当然，这点程度在外面的世界不过就是小孩打闹罢了。

但周围人的反应却相当大。看到了我们吵架过程的学生，跟吓破了胆似的浑身打战。被我打的那人则一副快要哭出来的表情，他浑身发抖，仿佛肉食加工厂里待宰的肉猪。

我发现自己心中的怒火一下子就熄灭了，取而代之的，是震惊——因为眼前的这些人，像是看怪物一样地看着我。

我才想哭。

我放下了拳头。

惨不忍睹。这是我有生以来第一次知道，居然还有能赢却赢不了的架。

之后老师的说教也马马虎虎，让我不太舒服。

在听取双方的说辞之后，老师自作主张地把我定义为了“心灵受到创伤的孩子”。

“你是因为太寂寞了才这么做的吧？其实你只是想和大家好好相处，却无法好好表达自己的想法，才会动手打人吧？嗯，你的感受老师也明白。其实你是个坦率的好孩子。你只要敞开心扉就能和大家融洽相处了。别怕，鼓起勇气来。大家都在欢迎你哦！”

听了这话，一股强烈的恶心从我脚底升起，蔓延至全身。我不是那种所谓的坏孩子，但我依然觉得这个老师说的话以及同学们的成熟表现不正常。

当然，我并没有表达这个想法，因为我不想再听说教了。我只想赶紧得到解放。

老师将我的沉默当成了默认，最后满足地说：“明白了的话就回教室吧。”

我本以为这件事就到此为止了，但并非如此。

可怕的是，之后双E区里那些不认识的大人，都纷纷开始关心我。

上学路上会突然被陌生人问好，街坊邻居每天都会问我“最近好吗”“上学开心吗”。

一开始，大家只是简单地和我打招呼，所以我还以为他们只是喜欢孩子。双E区和外面的世界不同，没有那些会对孩子下手的罪犯。和你说话的人，全是出于好意。不是这样的人，就得不到双E区的居住权。

对这些和我打招呼的人，我都会礼貌地鞠个躬，回答他们“还好”“谢谢”之类的话。

之后，跟我打招呼的人越来越多，这才让我觉得有些不对劲。那是第一次，我开始觉得双E区有些“与众不同”。

要培养出健全的孩子，光靠家庭和学校是远远不够的，还需要所在地区与其紧密相连，所有人都要关怀他人的孩子，并正确引导他们——这便是双E区的信条。也就是说，对待别人家的孩子要和自己的孩子一视同仁，为了让他们遵守社会准则，要毫不避嫌地教育和指导他们。

我因为和同学打架，被认定为“问题学生”。对此，大家认为，我是个有些内向、无法融入团体的孩子，不能孤立我，不能让我因孤独而烦恼。因此，这片街区的人为了矫正我，全员出动。

不久之后，在参加学校的例行远足活动时，情况更是可怕。在自然环境保护区里，有一个运动公园。父母有义务陪子女来这里参加旅行活动。那次，我接受了同学父母们“无微不至”的关照。

“要不要来这儿一起玩呀？”“你尝尝这个。”“怎么样，好吃吧？”“和我家孩子交个朋友吧！和他朋友也可以交个朋友哦！”“有烦恼的话，随时都可以找叔叔阿姨倾诉哦。”“不要害羞，我们一直欢迎你来玩。”“看啊，大家都在那儿做游戏呢！你也去吧！”

父母从学校老师那里听说了整件事，所以也很积极地让我融入集体中去。

“多交几个朋友！”父亲对我说，“广结良友，才能走遍天下都不怕。人说到底还是要靠朋友啊。”

母亲也对我说：“你看，女同学都在看着你哦。你长这么帅，大家都想和你说话呢。你朝她们挥个手看看，和她们交朋友很简单的哦。”

运动设施的比赛、耗费体力的游戏……我被迫参加了数不清的活动。

虽然我脸上挂着笑容，心中却是叫苦连天，甚至想抱头惨叫。

我求求你们了，别这么热情地关心我了！

我并不厌世。

也不厌恶他人。

我只是喜欢独处。喜欢自娱自乐。我只是喜欢自己去发现、去感受、去开心罢了。

所以你们放过我吧。求求你们了，放过我吧！

然而，这个地方是容不下这种想法的。

这天以后，我也一直被“让孩子融入团体”计划搞得晕头转向，每天回家都疲惫不堪。周围人用各自的语言和态度，让我牢记了人与人之间的羁绊到底有多重要。

我想逃离双E区，但我做不到。难道要让母亲变回待在外面世界时整天嘀咕着“我想死”的状态吗？这么一想，我就说不出不喜欢生活在这里的话了。

于是我决定戴上面具。戴上一副和双E区相符、名为“聪明的好孩子”“融入团体的坦率孩子”的面具。

和别人相处时，我会最大限度地利用这副面具，不再将自己的真实想法展现给别人。

一切都是表演。

一切都是编排。

就算这个世界上没有人了解我，我也不在乎。

我要隐藏这一切，把一切都揉烂了往肚子里咽。

我决定成年之后离开这儿。我不属于这儿。长大成人之后，我要推翻这一切，离开这儿。但在此之前，我要忍耐。

* * *

暑假将近尾声，第二学期在即，时值晚秋将至。

我一如既往地在外面的世界上网，吸收大量信息。从不曾和胜原一起去繁华街四处游荡。

这日正当我徜徉于暗网之时，虚拟显示器突然跳出一个新窗口，我还以为是中了什么奇怪网站的病毒，吓了一跳，结果发现是胜原在联系我。

他的声音在我耳边响起："你现在在哪儿？"

我告诉了他我的位置。胜原似乎松了口气，说道："离我挺近的。你能来我这儿一下吗？有件事需要麻烦你。"

"什么事？不是说好在外面的世界互不干涉的吗？"

"我认识的人病了，不知道该怎么办。你医学知识很丰富吧？"

"我只是喜欢看图鉴而已。"

"总比什么都不懂的人要强。"

我心里猜到几分，试探道："还是去医院比较好。"

"有点隐情，不能去。"

“我不想惹祸上身。”

“病人是小惠。你还记得她吧？之前你们在公园见过的。”

令人厌恶的回忆复苏了。我想起那几个对胜原言听计从互相殴打的女孩子们。其中有一个打输了，跟烂抹布似的倒在了地上——那人就是小惠。当时胜原在她耳边低语了几句，她就发了疯似的摇头……

胜原继续说道：“我们现在在小惠的公寓。”

“她父母呢？”

“她父母出门旅行了，暂时还不会回来。”

“她病得有多严重？”

“发烧了。让她吃了点退烧药，但没什么用。可又没严重到需要送去夜间急诊的程度，她看上去很难受。土办法也行，我想找个有办法让她好受点的人。”

“好吧。把你们的地址和地图发我终端。”

信息马上发了过来。飙车过去的话差不多十五分钟就能到。

抵达目的地后，我发现公寓比我想象的气派多了。

小惠居然住在这么高级的公寓里……

我很吃惊，既然能住在这样的公寓里，相貌也不错，为什么还要跟胜原那种人交往呢？世上好男人明明多得是。

按下房间号，胜原给我开了自动门锁，我乘电梯上了六楼。这里的走廊让脚步声显得格外响亮。我来到608室门前，按响了门铃。

打开门探头出来的人并非胜原，而是一个陌生男子。他身材魁梧，看起来比我大好几岁。他一头短发抹着发蜡，穿一件图案花哨、有热带风情的背心。穿着黑色牛仔裤的两条腿细得跟金属丝似的。

“胜原人呢？”我问道。

男人告诉我胜原在屋里。

“真的？”

这时房间里传来了怒吼声：“你还在磨叽什么！快进来啊！”

我和背心男一起进了屋，朝声音传来的方向走去。在这间特别宽敞的一居室一角，横着一张床。

室内的装饰令我意识到这里并非小惠家。因为房间里根本没有女孩子气的家具和小物件。看来实情应该是小惠来这个背心男家里玩。胜原为了方便把我叫过来，撒了谎。

胜原站在床边。我走到他身旁，眯起眼睛仔细看了起来。

我一言不发地看着床上的景象。小惠盖着被子睡着了。她的脸色很差，看起来确实很难受。但是，她的脸色一片惨白，根本不像是发烧。

我把手放在她脸上感受了一下，指尖传来的是冰冷的触感。

我条件反射地回头看向胜原。

见胜原一脸吃了黄连的表情，我便伸手慢慢掀开了盖在小惠身上的那床被子。

我屏住了呼吸。

小惠赤身裸体躺在床上，浑身上下都是烧伤般的伤痕。我弯腰去确认她是否还有呼吸和脉搏。这时发现了留在她大腿内侧的药物贴，就用指甲把它抠了下来。

我拼命控制住自己，不让声音显得慌张："不行了，外行人应付不了这状况。"

"要是不管她会怎样？"

我大叫："现在马上叫救护车！"

胜原绷着脸一动不动。我很生气，直接拿出自己的终端准备叫救护车。结果背心男抓住了我的手腕，制止了我。

"可不能联系医院。"背心男恶狠狠地说，"我就是和她玩玩罢了，她自己也同意的。她现在这副样子去医院的话肯定会被捅到警察那儿去。"

"放着不管的话她会死啊！人如果死了照样会惊动警察。伤人罪总比杀人罪好吧？"

"伤害罪也好，杀人罪也罢，我都不想背，所以才叫你来的。"

“你说什么?”

“女人我们随她去,要不了多久她就会断气。我们在浴室把她分尸,扔进下水道里,就不会有人发现了。别人只会当她离家出走突然消失不见了。我是找你来帮我分尸的。你不是很懂解剖吗?你应该知道用什么方式,从哪里入手才会高效吧?应该也知道要怎么处理才更容易扔进下水道?”

我猛地冲上去抓住了背心男。我也不知道自己为什么会突然这么激动。此时,胜原打断了我们,他朝背心男吼了一声:“够了,川口!现在大家闹翻了可没好处。不管是去医院还是分尸,都先统一意见吧。”

“我不去医院!”这个名叫川口的男子毫不退让,“本来也是你把他叫来的,又不是我叫的。”

“要不是你做事儿没个度,事情也不至于变成现在这样!”胜原也毫不退让,“本来用点药就能爽到了,结果你偏要把她弄得浑身是伤,搞得现在更加不好去医院了!”

“你有什么资格说我!”

“要杀你一开始就杀掉她啊!弄得现在半死不活的不知道该怎么办了,我还头疼呢!”

趁两人争执不下时,我用终端联系了救护车。在跟急救人员说明情况时,川口又来妨碍我。但急救人员接到了电话,确定了地点之后应该就会赶来。

“自作什么主张！”川口怒吼着，把我打倒在地。我整个人瘫在地上，川口对我拳脚相向，还狠狠踹了我侧腹几脚。

最初那拳让我头晕目眩，可我还是挥着手脚拼死抵抗。不过我的抵抗毫无用处。川口下手完全不知轻重，毫无顾忌。

尽管有机车服护身，我依旧受到了不小的冲击。川口甚至踹了我脑袋几脚，让我眼冒金星。

我痛得拼命扭动身子，还依稀回忆起了之前胜原在公园里揍我的事。时至今日，我才明白胜原那时候已经是手下留情了。

恍惚之中，我感觉到胜原在拼命阻止川口，但好像怎么也阻止不了他。

终于川口不再对我拳打脚踢，也不再叫骂了。我趴在地上，将口中的血直接吐在了地毯上，摇摇晃晃地努力站了起来。与此同时，川口已经把外套和终端等东西塞进包里匆匆离去了。看来他并不想陪小惠去医院，而是选择了逃跑。

胜原扶着我，低语道：“我们也快跑吧。我可不想被当成伤人的罪魁祸首。”

我刚想开口，脸就不由得扭曲起来。我口腔内里和嘴唇都破了，没法儿好好说话：“我们留下的证据太多了：指纹、毛发……要是我们就这么逃了，反而对我们不利。”

“要是被警方带去问话，我们干斡旋人这事儿可就露馅了。”

“川口被抓住的话，他早晚会招供的……”

“现在先别想这些。我之前也说了吧，既然甘愿冒险做这行当，就别指望能全身而退。”

也对。

胜原搀扶着我，我们一起蹒跚着离开了公寓。还好在这要紧关头没有遇上救护车。

胜原没穿机车服，就跨上了我骑来的摩托车。他让我坐在后座抓紧他。

我按照他吩咐的做了。还好还剩了这点力气。

胜原极速前进，途中来到一家药店门口停下。他让我在外面等他，便一个人进了药店，过了一会儿，他带着一大包东西出来，再次发动了摩托。

最后胜原骑车进了一家能开单间观看3D电影的地方。他把摩托车停在停车场，刷了蓝卡通过自助接待处之后，我们便跌跌撞撞地进了一个空房间。

房间里的沙发太小躺不下人，所以胜原让我躺在了床上。

他拿起遥控器，开始选择录像频道。要是不让设备运作起来的话，会被店员怀疑。

这里的节目大都是成人电影或者逼真的暴力电影。非常生动真实，真实到不再让我觉得刺激，而是不忍直视——很显然，这些都是违规的。

胜原一边骂着“现在哪有心情看这个”，一边不停地换台寻找合适的节目。最后，他终于恶狠狠地按了“开始”键，来到我身边。

马上，房间里就布满了无数星星，繁密到让人无暇赞叹其美丽。这是一部色彩明丽的电影，拍摄于没有大气存在的宇宙之中。它以星空为背景，展现了如海浪般波涛汹涌的宽广银河以及熊熊燃烧着的恒星，它们缓缓显现、旋转，在房间里移动并渐渐消失。这段视频被不断地重复着。

学校使用的天文学项目里，并没有这个视频。这是一个能影响脑神经，制造幻觉的“声音电影药物”。

“要是觉得不舒服，就闭上眼睛。”胜原对我说，“我把声音关了，所以不会出现听觉上的影响。不过光视觉效果就够你受的了吧。”

胜原用手电从我的脸照到身上各处。他观察了一阵子后，把手电放在床上，打开了从药店里买来的那包药，并叫我脱掉机车服。

我将机车服连同下面穿的衣服和衬衫全部脱了。胜原在我脸上和身上贴了止血贴和消炎贴。大概是机车服缓和了拳脚的冲力吧，我并没有伤到骨头和内脏，但还是比胜原打我的那次伤得重得多。特别是没有保护的头部和嘴角周围肿得厉害。

胜原替我处理好伤口之后，卷起了自己的衬衫，拿手电照了照自己的侧腹。我倒吸一口气。胜原身上有着和小惠一样的烫伤。而且他身上的烫伤要大得多，还渗着血。

我问胜原是不是川口干的好事，胜原泄气地答道："是的。平常我可不会犯这种错。这次因为是熟人就掉以轻心了。他从背后把我放倒后压制住了我。我动不了，又拒绝了帮他分尸的要求，结果就变成这副样子了。"

"所以你为什么要叫我来？"

"我还以为靠我们两个能轻松干倒川口。谁知道你这么弱。"

"你真的想过让我帮忙分尸吗？"

胜原没有回答，只是一言不发地在伤口上贴止血贴。随后，他放下衬衫，一脸不爽地压着侧腹。

我问道："这道伤是怎么来的？"

"拿小熨斗烫的，就是跟烙铁似的东西。"

我偷偷把川口的外号从"背心男"换成了"熨斗浑球儿"。他不仅让小惠染上了药瘾，还拿熨斗折磨她寻开心。每次小惠的身体因剧痛而扭曲的反应都会直接传达给他，他一定因此感到无比愉悦。

一瞬间，因为川口的折磨而来回翻滚的小惠，与我脑海中久远的记忆相重叠——在我手中挣扎至死的可怜麻雀。那是一只为了死去而飞到我家院子里的可爱的棕色小鸟。

伴随着强烈的快感，震惊也在我心中一点点蔓延。光是想象就已经令我如此心神不定了，说不定，我其实比川口和胜原更为残酷、更为罪孽深重。

胜原替自己包扎完，坐上沙发，整个人虚脱了一般曲着背。他双手交叉，放在大腿上，慢慢搓着大拇指，嘀咕道："接下来该怎么办才好？他知道我的名字，要是有个万一，他肯定会跟警方交代我的事。要是我被抓了，警方肯定也会找到你的。"

我边穿衣服边说："不管如何，我们暂停一下斡旋人的活儿吧。"

"事关凶案，警方调查的力度也会不同。还是做好他们已经发现线索了的准备吧。"

"还不能说她一定死了吧？救护车不是赶上了吗？"

"那就更糟糕了。小惠肯定会和警察说川口的事。这么一来，警方就能顺藤摸瓜，一个个查上来了。不过她也不傻，应该还不至于马上就交代。"

我问胜原小惠为什么会去川口家，是否跟之前在公园发生的事有关。又问他为什么逼着小惠和不喜欢的男人上床，"你是在玩惩罚游戏还是别的什么？还是说你沦落到去当皮条客的地步了？”

胜原回答说“是”，并补充道：“她欠我钱。她想做全身美容结果被人骗了。为了买什么纳米节食机，她以父母的名义借了不少高利贷。你说这种东西能有什么用？最后还是我帮她还了债。”

“你哪儿来的钱？”

“我把干斡旋人赚的钱全部拿了出来。因为这个，我日子暂时都不太好过了。所以她才不会违抗我的命令，像条训练有素的狗。”

我完全无法分辨胜原到底是个好人还是坏人了。他花光所有积蓄帮助了一个女人，下一秒钟又对她拳打脚踢甚至把她卖给其他人。

我顺便问了由纪代和瑠奈的情况，胜原都告诉了我原因。

由纪代大晚上的被几个成年人纠缠，胜原救了她。胜原双拳难敌四手，遭了不少罪后两人才成功逃出来。

由纪代说想谢谢胜原，胜原就让她和自己交往。正常情况下，此时应该诞生一对年轻的情侣才对。可胜原马上就发现了由纪代的弱点，并以此要挟。由纪代有偷窃癖。她并不是因为穷才去偷窃，而是因为没有安全感。于是胜原命令她，要是不想被警察知道，就得对自己言听计从。

而瑠奈则是被朋友欺骗，开始接触违法药物，还上了瘾。是胜原让她戒掉的。当时卖药给瑠奈的人得知胜原住在双E区时，开玩笑地叫了他一声“哟呵大少爷”，他就把对方打了个半死，顺便带走了瑠奈，后来又帮她戒掉了药瘾。瑠奈在感谢胜原之余，也变得和小惠、由纪代一样，被胜原胁迫。胜原威胁瑠奈，如果不想被警方知道她以前经常吸食违法药物的话，就要乖乖听自己的话。

我叹了口气。原本可以拥有爱情却不珍惜机会的胜原，比这三个对他言听计从的女孩子更加疯狂。

胜原低声自语道：“总之，先祈祷川口能顺利逃脱吧。”

“但是，”我开口道，“他总有一天会回那间公寓吧？警方肯定会监视那里的……”

“那不是川口家，是他某个狐朋狗友的家。不知道是哪里的有钱少爷。反正有钱少爷肯定会说自己被蒙在鼓里，他才是受害者。这么一来，警察也拿他没办法。”

“他居然受得了川口在自己屋子里胡作非为吗？”

“那间屋子本来就是用来开派对的。隔音效果也很好，等于是专门用来‘玩火’的房间。所以川口才那么肆无忌惮吧。”

胜原将视线从刺入眼睛深处的银河视频上移开，叹了口气继续说道：“我们出去吧。还是说你想一个人再看看其他片子？”

“不了。”我捡起机车服，忍着浑身的疼痛穿上了一只袖子，只感觉自己连骨头都在咯吱作响。这还贴了消炎贴呢，明天早上得有多疼可想而知。

胜原把药包递给了我：“还有多，你用吧。”

“谢谢。”

听到我这样说，胜原一脸不可思议地看着我。大概是没想到我会和他道谢吧。

其实仔细想想就会发现，在这种情况下我居然和他道谢，也是蠢到家了。让我身陷窘境的罪魁祸首正是胜原，我应该生他气才对。

但我现在没心情生气。并不是因为我对胜原怀着什么情谊，单纯是累到筋疲力尽无暇去考虑这些罢了。

* * *

父亲来到双E区后，日子还算过得去。按照父亲的性子，拍摄教育电影肯定令他觉得很无聊，但至少收入稳定。

母亲则是不厌其烦地出入社交圈。她会穿上领口紧闭的高雅连衣裙，涂上绚丽的粉色口红，出门参加沙龙。母亲这般美貌，不管走到哪儿都会成为众人瞩目的焦点。所以她才对此有所顾忌，以这般打扮徜徉在人海之中。

母亲也积极投身教育行业。这个把儿子的教育问题彻底扔给双 E 区的人，现在却因为住在这个地方而不得不参与别人家孩子的矫正项目，还真有几分滑稽。

某天吃晚饭时，母亲兴高采烈地说着她们为一个对环境感到不安因此无法开口说话的女孩子建立了援助小组，并帮她恢复了正常。父亲嘴里塞着炖牛肉，笑着夸母亲做了件好事。

和我一样从外面世界搬来这儿的女孩，之前饱受家人的虐待，后来被保护起来，来到了这儿。她被送去福利院后，不说话的情况依然没有好转，所以双 E 区的管理官让大家成立了一个援助小组来帮助她。

母亲所在的小组成员轮流照顾着这个女孩。终于，她们的努力有了回报，女孩开始用只言片语与人交流了。女孩第一次开口说话时，小组成员里甚至有人喜极而泣。

比起那些小组里的好心人，我其实更心疼那个蜷缩在保护壳中的女孩。自己好不容易造出了一个舒适空间，却要被人强行拖出来，她一定很困扰吧。属于她一个人的安静世界，说不定隐藏着足以匹敌亨利・达戈的艺术的可能性。

我一边小口吃着沙拉，一边说着自己的想法。母亲听了之后目瞪口呆："你这说的叫什么话？怎么可以这么说呢！"

“为什么人不能一个人待着？只要她本人觉得开心，我们就应该随她去啊。”

“人类不是能独自一人生存下去的生物。人与人之间总有着千丝万缕的联系，没有人能够永远封闭自己。”

“城市的发展令人类足以独自一人生存下去。只要正确筛选信息，就算独自生活，三观和人性也不太会扭曲。”

“可要是那样生活的话，总有一天会忘了如何开怀大笑的。”

“我倒是替她失去了那个世界而感到可惜。那个因为与人有了联系而被破坏掉的世界，确实存在过。”

母亲沮丧地叹着气，父亲接过话茬说道：“你在学校学了那么多知识，都没有学会体谅他人吗？你这样可没法儿在这个社会上立足哦！”

“那又怎样？”

父亲继续说道：“你所说的并没有错，但是你妈妈的看法更有说服力。”

“为什么？”

“女孩将来要走上怎样的人生之路，除了她之外没人知道。即便她现在回归了社会，说不定有天也会过回你说的那种生活。但是对她而言，多一个选择肯定不会错。这就是我们所说的捍卫人权。”

“我不明白为什么援助小组的人会哭。她们到底在感动什么？又不是自己的人生。”

“小组里有人的童年并不幸福。这些人哪怕是看到其他孩子获得幸福，都能喜极而泣。”

“那妈妈也是吗？是因为小时候很不幸，才会因为看到孩子重获幸福喜极而泣吗？”

这时，母亲突然从椅子上站了起来，发出很大的动静。她一言不发地离开了餐厅，再也没回来。

父亲用拳头轻轻捶了一下我脑袋，同样沉默不语。从父母的态度里，我明白过来母亲的童年一定很不幸。

我突然想到，说不定母亲从孩提时代开始就一直想寻死，直到遇到了父亲。父亲想要让这样的母亲幸福——结果至今仍未实现。

过了几天，趁父亲一人在书房时，我跟他打听了母亲的事。父亲再三强调“可不准当着你妈的面说这事儿啊”之后，简单和我说了来龙去脉。

母亲幼年丧母，之后便和她父亲也就是我外公一起生活。外公是个懦弱的人，生计上虽说过得去，可丧期还没过，他就已经带过好几个女人回家了。大概没有女人就活不下去吧。每次有新的女人来家里，母亲都会承受巨大的压力，因此得了厌食症。外公任性又没有责任感，他的情人们也完全不顾及孩子。在这个没有她容身之所的家里，母亲的心变得伤痕累累。此后，母亲多次自杀，却均以未遂告终。她应该并不想死，只是在通过这种方式向周围的大人发出求救信号吧。这引起了保护中心员工的注意，把她接到了福利院。最后，母亲脱离了外公的户籍。在她心理阴影完全消除之前，她只要看到成年男女就害怕得不得了。

“她选择演员这个行业，也是因为觉得这是向他人打开心扉的最佳方式。”父亲说，“因为这是一个将自己的一切都展现给别人的工作。你妈妈是想积极打开自己的心扉，以此去克服内心的伤痛。你妈妈其实吃了很多苦。她不想再跟着男人吃苦了。”

“是吗。妈妈果然很早之前就有寻死的心了……”

“你在说什么呢。别这么武断。你妈是个很拼的人。只有拼的人才会失望，浑浑噩噩度日的人，是不会失望的。正因为每天都和自己、和这个世界斗争着，她才会如此厌世。你妈说她想去死，正因为她是活生生的人。”

“是吗？”

“所以她热衷从事志愿者活动这事儿，我们就多一些包容，默默支持她吧。她自己也希望通过这些活动和过去做个了结。”

“充满艰难困苦的人生还有继续下去的意义吗？”

“这不是别人能决定的。你也一样，不想别人对你的生活指手画脚吧？”

“可妈妈现在真的幸福吗？爸爸你能自信地说你让妈妈幸福了吗？”

“唉，你这么一问，说实话还真不好回答……”

“爸爸，结果你和外公一样吗？要真是这样的话，妈妈到现在也是不幸的，和她孩提时代毫无差别。”

父亲叹了口气，道：“爸爸也在努力啊。你能不能用长远眼光来看呢？”

之后，我来到福利院，报出母亲的名字，见到了援助小组帮助的女孩。

女孩很瘦小，冷静澄澈的双眼让人不禁想起钢刃的光芒。

住在福利院里，温饱肯定不成问题，可她看上去至少比实际年龄小五六岁。或许她是那种无法吸收营养的体质吧。

我把曲奇饼干递给了女孩，骗她说是母亲让我送过去的。她面无表情地收下后，毫无感情地跟我道了谢。

“你是不是有其他想要的东西？”我问。

女孩微微点点头。

我又问：“你想要什么？”

女孩指了指我背后——那里只有一扇门。

我突然明白了:“你想去福利院外面吧?”

女孩再次点了点头。

“不是想去院子里,而是离开这个福利院,对吧?”

“嗯。”

我想带着女孩离开这儿。离开这个福利院,离开双E区,带她去外面的世界。可只要我们一踏出这个房间,就会被这儿的员工拦下吧。根本一步都不能离开这儿。

“你不太喜欢这儿吧。”

“……”

“与其生活在这里,你宁愿去死,对吗?宁愿死了一了百了,对吗?”

女孩并没有回答,于是我用双手去触碰她的脖子。那动作即便被室内监控摄像头拍下来,也不会惹人怀疑。她血液的温度隔着薄薄的皮肤真切地传递到了我手上,令人战栗的激动涌上心头。我想起了在手中死去的麻雀。它的身影和眼前的女孩重叠了。

我的双手逐渐用力,掐住了女孩的脖子。下一秒,女孩便发狂似的摇起头来,她长及下巴的秀发也跟着一起甩动。我被她内心强烈的情绪所震惊,马上放开了她。此刻,我突然意识到自己不该待在这儿,心里非常后悔。

我沉默着背过了身，朝门口走去。当我把手放在门把手上时，回头看了女孩一眼。女孩满脸悲伤地看着我——那并不是责备的表情，只是悲伤。

“你放心，我不会再来了。”我说，“要过得开心啊。不过，要是哪一天你不开心了，随时欢迎你来找我。我不会拒绝你的。”

* * *

第二天早晨，我在浑身剧痛中苏醒过来。看了看时钟，才凌晨四点。浑身上下的关节都咯吱咯吱地惨叫着，太阳穴四周和嘴角都在隐隐作痛。

我从房间的小冰箱里拿出一瓶水来，服下了胜原给我的药后，再次躺上床等待药起效。不那么疼了之后，人就平静一些了。

我本想请假，但想着还是得趁警察查到之前先见胜原一面。

早上母亲在餐厅看到我就叫了起来：“你这脸怎么了？”

“骑自行车摔倒了。”我撒了个谎，“早饭我不吃了，嘴巴还在痛，没法吃。”

“去过医院了吗？”

“药店买的药就够了。”

“真是的，你倒是小心点啊……”

对话就此结束。

父亲没有过问什么。他看着电子报纸上的早间新闻，一个人不知道在嘀咕些什么。

到了学校后，我马上找到了胜原。准备午休时和他好好商量商量。

既然昨天晚上没有任何动静，就证明警方还没有来这儿。就算要来，也得等放学以后——为了不影响其他学生，他们应该会在校外把我们拦下。

午休时，我俩在教学楼顶楼啃着面包商量着万一被警方叫去问话到底是要老老实实接受还是走为上计。

嘴角的伤口还在疼，但我没吃早饭，也差不多该进点食了。我把面包撕成一小块一小块的，往嘴里送，边吃边征求着胜原的意见。

“逃到天涯海角去也要逃。”胜原舔着指尖上沾的炸面包霜糖，“老老实实被逮捕也太无聊了点吧。”

“逃？能逃去哪儿？”

“当然是外面的世界啊。”

“要怎么逃？租赁摩托车上都有定位系统。”

“那就只能坐无人驾驶出租车或者列车了。”

“那有地方住吗？”

“露宿就可以了吧。”

“接下去天气会越来越冷的……”

“那又怎样。被抓去矫正所直接把脑子给矫正掉，和逃亡时路死街头，你觉得哪个强？”

“两个都不要。”

“你脑子是聪明，怎么就这么没志气呢？”

“我觉得这样挺好的。我可不想莽撞行事。真要逃亡的话，必须先精确计划好逃亡路线和所需费用才行。”

“即便如此，说不定等下放学之后警察就在校门口等我们了。现在想这些又有什么用？”

“那我就赌他们不会来。只要警方晚一天行动，我们能跑掉的机会就增加一分。即便最终还是会被他们抓住，但至少不会是现在。”

胜原把面包包装袋揉成一团，从屋顶扔向空中：“那我就赌他们会来。要是他们不来，我就什么都听你的。”

放学后，校门口并没有警方的人。

我俩一起偷偷观察了一番：警方也没有来我们两人的家里。看来，小惠和川口那里还没有泄露太多情报。

我赢了之后，直接把胜原拉去了一家快餐店。我喝着热巧克力，打开了便携信息终端的虚拟显示器。

我跟胜原说了很多在外面世界逃亡的路线和点子，还算出了逃亡时所需的费用，并以此择出了最高效的计划。之后，我俩制定了一个方案：将最终确定的逃亡路线和数据，都保存在各自的终端里。万一有一方先被警方带走了，剩下一人就要独自逃亡。

“谢啦。”胜原满足地笑道，“这样我就不用自己动脑子想了。”

“数据的话麻烦你加个密码别让人看到。要是其中一方被抓住，警方利用这个数据抓到另一方就毫无意义了。”

“这我可不能跟你保证。”

“为什么？”

“就我一个人被捕多不公平啊。要是警方让我提供信息，我应该不会拒绝吧。”

我牢牢盯着胜原，胜原也望着我，像是在试探我似的。

“要是我先被抓到的话……”我说，“我肯定会找准时机删光终端的信息。这不是为了你，而是不想让警察白捡便宜。为了自己的信念，我会删除数据的。”

胜原脸上的笑意消失了，露出带着敌意的不悦表情嘀咕道：“……随你便。”

胜原摆弄着喝空了的一次性杯子，继续道：“你要是被抓住的话，你父母估计会吓傻吧？”

“那也没办法啊。毕竟我是在知道后果的情况下还去了外面世界。你才是，不会觉得对不起父母吗？我们如果逃跑的话，父母在双E区的居住权肯定就没了。”

“我没有亲生父母。”胜原用指腹摸着杯子边缘继续道，“我有养父母，但他们和我没有血缘关系。我的亲生父母，选择了人工授精和人造子宫来孕育下一代。虽说现在采用这种方式已经很普遍了，但我的情况有些不同。我还在人工羊水里慢慢发育时，父母在高速上出了车祸，双双过世。”

父母双方在使用人造子宫时，会向产科提交一份文件。这份文件上写明了在孩子出生前，父母发生变故时要如何处理未出生的孩子。

文件里有“人工流产”这一选项。

世间对此议论纷纷。但考虑到“既然对孕妇进行人工流产已经合法化了，那么对人造子宫也可以同等处理”，这点被写进了律法之中。

“我的亲生父母也在这个选项上打了勾。我的爷爷奶奶和外公外婆不是过世了就是体弱多病，要是父母有个万一，也不能指望他们照顾我。亲戚是没指望了，政府也不可能吧。所以他们觉得自己的孩子要怎么处置，应该由他们自己来决定。”

所以胜原应该被立刻处理掉。但当时发生了意料之外的状况，有人出面说愿意收养胜原。

“他们是我爸的同事，一群反对对人造子宫婴儿进行流产并组织各种抵抗运动的人。他们是团体组织‘生命之器’的成员。好像以前就一直宣称他们会收养这些婴儿。”

为了让胜原父母提交的文件无效，确立收养关系，这些人很快就积极行动了起来。

院方也十分为难。要是认可了他们，就有可能形成以贩卖人口为目的、纵容父母将子女转卖给第三方的渠道。作为院方，本该拒绝外界一切要求，立即处置胎儿。

“可那群人不知道用了什么法子，竟将我父母提交的文件抢了过来。院方保管的文件不见了，连备份的电子文档也丢失了。因此院方无法向保健省提交处置胎儿前需要的资料，对我的处置也无法实施了。”

当时谣言纷飞。有人说是潜伏在医院里的“生命之器”成员销毁了文件，也有人说是第三方潜入医院销毁了文件。总之真相已经无从得知。

院方愁于应对，夹在保健省和司法省之间两头为难，最终只得认可了收养关系。他们将胜原交给了他的养父母，条件是养父母需定期将胜原的近况向两个省汇报。从此，胜原便跟着养父母来到了双 E 区生活。

“你的养父母是怎样的人？”我问他。

胜原若无其事地回答说：“都是好人。完全不会虐待我，很宝贝我。他们对我好到我要是任性的话简直会遭报应的程度。”

但胜原说，自从养父母告诉他身世后，他对养父母便渐渐疏远了。

“你是不是希望他们一直瞒着你，永远不要告诉你真相？你有那么受打击吗？”

“不，不是的。”胜原眼中蒙上了一层阴霾，“真相本身无所谓。养父母毕竟把我好好养大了，我还是很感激他们的。可他们如果真的是心怀好意把我抚养长大的话，为什么还要告诉我事情的真相？一直瞒着我不是更好吗？根本没有任何记录会让我怀疑，无论是血型还是体质或者生日，这些信息都不会让我心生疑虑。他们告诉我真相，难道是想让我感谢他们吗？是想我夸他们‘爸爸妈妈好伟大！简直就是人类好榜样！’吗？”

原来如此。

我明白胜原为何如此生气了。

胜原继续说：“而且在告诉我真相时，他们对我说：‘虽然你是这样出生的，但你必须像我们爱你一样去爱别人。你应该为自己存活下来而心怀感激，同时珍惜他人的生命。’也就是说，他们想让我加入‘生命之器’参加各种运动。”

胜原拿指尖弹飞一次性杯子。杯子滚到桌子边缘，撞上了放在那儿的调料架，将调料架咚地打翻了。“开什么玩笑！我怎么活下来的，怎么长大的，想怎么去对待别人都是我的自由！为什么一个人的身世要决定他的生存方式和价值观？那一刻，我感到人与人的羁绊无非都是交易的产物。我马上又想，如果我的想法没错，那么什么可以让交易最高效地推进，你知道是什么吗？”

“支配对方的力量……或者暴力吗？”

“对。这世上根本没有什么公平交易。强势的一方压制弱势的一方，看似双方公平交易，实则根本就是弱肉强食，家庭关系就是最好的体现。我想去社会上试试，看这个想法究竟对不对。就算我在家里会被养父母支配，但只要转变立场，说不定我也能支配别人。”

“所以你就找了那些女孩子吗？”

“我可不只找她们做了试验。我找了很多人进行这个社会实验，看到了很多结果，还挺有意思的。对我而言，只有双E区外的世界才是真实的世界。正如那些人相信只有双E区才是真实的世界一样。”

“但我觉得这不能成为你虐待那些女孩子的理由。”

“那要怎样的理由才能让你信服？”

“这和身世、理由都没关系。你这样做毫无意义。你只是享受将别人打个半死、享受支配女孩子的感受罢了……”

胜原对我说的话没太大反应，他小声嘀咕着“说不定真如你所说吧”，视线飘向窗外，看着那些走在人行道上的人说：“住在这个地方的人看起来都很幸福。”

“是啊。”

“但我们不一样。总有一天我们要离开这儿。你曾想过我们会以这样的方式离开这儿吗？”

“多少想到过吧。毕竟我也和你一起经历了这么多。”

“你后悔吗？”

“不后悔。现在后悔又能怎样？”

“是嘛。要是你现在告诉我你后悔了，我也会很为难的。”

* * *

傍晚，我回到家，客厅里一片狼藉。

餐桌翻倒在地，原本投影在上面的立体影像花朵投在了地毯上，歪歪扭扭若隐若现。沙发也不在原本的位置，坐垫散落在房间各处，盘子的碎片和凉了的比萨四散一地。

我走了两步就踩到了什么东西，是吃了一半的芦笋，上面粘着芝麻粒大小的蟑螂，让人反胃至极。双 E 区以前是绝不会发生这种事的。最近的比萨店厨房卫生到底是怎么在管理的？我气愤地用指尖把带着蟑螂的芦笋抠了下来，扔进垃圾桶。

母亲在二楼卧室。她洗了个澡，穿着浴袍，一脸清爽，和楼下客厅的一片狼藉形成鲜明的反差。我有些愣住了，我本以为她喝了个烂醉。

我发现父亲不在家，就问母亲："爸爸呢？"

"还在工作，在外面的世界。"

我惊讶地叫出了声："住在双E区的人不是不能从事外面世界的工作吗？"

"名义上是和'A级朋友交流'。这样就有理由通过关卡了。"

难道他在双E区的工作也越来越少了吗？他不是在制作教育相关的电影和教材用视频吗？

接下来，母亲说出了令我意外的话："你爸说他有想拍的电影，所以在找新的赞助商。"

"什么电影？"

"科幻的。"

"哦。"

"他好像是因为突然回忆起了小时候。在和以前一起做电影的同伴聊天时，过往的青葱岁月在他心头点燃了一把火。"

我突然有了不好的预感。父亲这突如其来的热情，恐怕并非是他作为电影人在攀登新的高度，而是如蜡烛一般在燃烧最后一丝光辉。

“可他以前不是从来没拍过科幻片嘛！好像也不太找得到赞助商。要是拍爱情片的话倒是能成。”

“对啊……”

“终于，今天有机会和对方一起吃饭了。对方却跟他说什么人要有自知之明。还说什么要是能在剧本里加上九成的床戏和吻戏就出资给他拍摄。甚至说‘要是找不到女主角的话可以让你老婆来演’！那人居然说我在中老年观众群里还有点儿市场！弄得我彻底没心情吃饭，就先回来了。倒是你爸，不管对方说什么，都笑嘻嘻的，应该是很想抓住这次的机会吧。我是真的看不下去了。”

无论被如何侮辱，都会毕恭毕敬地低下头的父亲——我无法嘲笑这样的父亲。父亲那股认真劲儿真的很令人心疼。

父亲究竟想去哪儿？想做什么？几经磨难的父亲应该最明白光凭一腔热情是成就不了事业的吧。

回家之后，母亲如泄愤一般，在客厅大闹撒气。比萨上有蟑螂这件事也弄得母亲怒火中烧。但也因为她太激动，都忘记去比萨店投诉了。

于母亲而言，不朝父亲发火已经是很大的进步了。就算朝父亲发火，那些狗嘴里吐不出象牙的合作伙伴也不会遭受任何损失，而父亲则不会得到新的工作机会。

“你应该和他们说你会出演这部片子的。”我歪着嘴笑道，“你应该和他们说：‘就算变成拍给中老年观看的怀旧电影也没事，我会演女主角的，所以请务必投资这部片子。’”

母亲并没有辩驳，而是低着头，用双手把头发拢上去：“你每天在学校还开心吗？”

“凑合吧。”

“是吗，那就好。我和你爸爸现在唯一的盼头就是你能好好长大成人。其他我们也别无所求了。”

跟我说这些，这只会让我更彷徨。

母亲难道真的相信只要接受双E区的教育，孩子就能聪明又懂事了吗？在外面的世界历尽千般苦万般难的人，怎么就不理解这世上根本没有乐园的道理？还是说，正因如此，她才想相信这个城市是个例外？

“要是爸爸想拍他自己喜欢的电影，我是不介意回外面的世界生活的。”我静静地说道，“与其住在这种父母行动都受限的地方，还不如住到外面去。我反正无所谓。”

“你胡说什么！”母亲跟变了个人似的彻底爆发了。她抓起床上的靠枕扔向我，“在双E区的学校毕业，对将来很有帮助！只要你留在双 E 区的学校，以后就能永远住在这里了。你爸费了多大的劲儿才让我们全家都搬来这儿，你心里也该明白吧！”

我撇过头去，后悔刚才说了那些话。母亲并不能理解这些，其实我从前就知道，但我依旧不想道歉。

母亲发着火，可眼中噙着泪：“你要加油啊！我们生活的全部意义，就是看到你过上幸福的人生。你一定要比我们过得都幸福，知道吗？”

“嗯……”我点点头，离开卧室，慢慢下了楼。脚底有种飘浮在半空中的奇妙感觉。当我再次看到一楼客厅的狼藉景象，无法抑制的激动情绪从心底涌起。

这种感情并非愤怒，反倒更接近悲伤。我抓起一件外套，夺门而出。天已经暗了下来，我直接坐上列车，准备去外面的世界。

我在车站前的租车店里租了摩托车和机车服，飞速奔驰在专用车道上。一加速，摩托车控制身体的感觉就愈发鲜明，身体的疼痛也愈发鲜明。随着血压升高、心跳加速，摩托车的自动防御功能开始控制车速。我动动手指，切换了摩托车的设定，直接关闭了限速功能。

同时，我增强了 PH 系统的体感功能，疾驰着超越了一辆辆比我慢的车，就跟回旋前行的战斗机似的，飞速拐过了数个急弯。好像每超过一辆车、拐过一个弯，就能遗忘些许心中的伤痛。

最终，我驶离了专用车道，开始沿着运河慢速行驶。这是一条细长的河，白天会有许多竹舟形的船只往来。河流不是作观光之用，而是城市的运输要道。数量众多的无人船，在自动运输机器的控制下，沿河驶去的景象十分壮观。眺望着这些络绎不绝的船只，似乎就会不知不觉地相信起“永恒”这个词了。

这里的夜晚空无一人，是个能让人独自安心待着的地方。我将摩托车停在路边，跨下车座，摘下了头盔。青草味和运河的味道直冲进我的鼻腔。我走下小楼梯，来到地势更低的走道，一屁股坐在砖红色地砖铺设的走道上，静静地眺望着河面。

走道两边的灯光散落在漆黑的水面上，好似银色的鱼儿舞动一般。对岸的巨型仓库群犹如一道高墙，将我和城市隔在两头。仿若剪影的建筑对面，有几道红灯区的白色光束直穿夜空，看上去就像是灯塔照射出去的光束一般。看着光束缓慢地左右推移，我不禁想，这到底是用了多大的投光设备啊。

对岸有许多人，每一个人都有家庭，会欢笑也会哭泣。而我，虽只和他们隔着薄薄一层膜，却觉得自己所在的世界，毫无真实感。

我轻触便携信息终端的操作面板，打开虚拟显示器，联系了胜原，他马上就接通了。没等我开口，胜原就说：“你小子在外面的世界吧？”

“你怎么知道的？”

“我现在也在这儿。”

“是嘛……”

“反正警察迟早会找上门来，不如趁现在及时行乐。你要不要一起？”

“不了。”

“那你干吗联系我？你肯定是有事才找我吧？不然你在外面的世界时，根本不会联系我的。”

我不知道该怎么回答他，此时胜原又说：“行了，我现在去找你。就这样，别切断通话。”

我按照胜原的吩咐等了没一会儿，远处就传来了摩托车的奔驰声，越来越近。我抬起头望向摩托车道，看到了一辆停在那儿的摩托车。胜原缓缓走下台阶，站在我面前，揶揄我：“脸色怎么这么难看？是怕警察吗？”

“不是的……”

“你不用逞强。像你这种人生中没有一个污点的人，这次应该也能挺过去的。”

最终，我没能将家里的事告诉胜原。不过胜原似乎也对我不开心的原因毫不在意。他从机车服的口袋里取出了一板药，催促我：“吃下去。”

我摇头道:“不用了。”

“你放心,不是那些危险的药。”

“我的心情不会因为吃颗小药片就好起来。”

“人类的大部分烦恼都能因为大脑中化学物质含量的变化而消除,大脑无非是肉体的一部分罢了。你就当它是大脑专用的止痛药吧,就跟牙疼时用药抑制疼痛感一个道理。”

胜原就这样伸着手,没有收回去的意思。但他没有把药硬塞给我,最终还是让我自己选择接受或是拒绝。

我缓缓伸出了手。我承认,我确实希望心里能舒坦些。我吃下了一粒药,又在走道上坐了下来,胜原也在我身边坐下。

过了一会儿,原本盘踞胸口的情绪,似乎消失净尽了。我不由得觉得,无论多么强烈的感情也不过如此。

胜原敏锐地察觉到了我的变化,轻轻笑道:“人类的恐惧感和烦恼大抵不过如此。剩下这几颗也都给你了。还有需要的话随时跟我说。”

我闭口不言,只是摆弄着那板药。虽然胜原的话很有道理,但我不想受他摆布。

“你将来想干什么?”胜原问道,“我的话呢,什么都不想干。我怎么也想象不出来自己跟普通人一样本本分分上班过日子是什么样子。”

“我也从来没想过。”

“是吗？那挺可惜的。”

我没有再说话，而是入神地凝视着运河上粼粼的波光——那是如银鱼般摇曳在漆黑河面上的灯光。我盯着这些波光，越发觉得它们像五光十色的马赛克。七彩的光芒缓缓从水面升起，形成了林立的高楼般的形状。光芒时而喷涌向上，时而崩塌落下，仿佛活物一般扭动着全身。

此时，我才意识到自己变得有些古怪。我拼命眨着眼睛，想让自己恢复正常，但没什么作用。我想起身，可怎么也站不起来。

马赛克图案已经扩散到整个运河河面，并蔓延至河边，快要覆盖河对岸所有的仓库。穿入夜空的白色光束，像一条条鞭子似的柔软地扭曲着。运河河底好像有什么东西正在缓缓抬头。那是一个漆黑的巨人。他摇晃着身体，一步步朝我走来。漆黑的巨人没有脸，只有一张嘴巴，一张涂着粉色口红的嘴巴。他张开血盆大口，露出了锋利的牙齿。他手臂像章鱼那么长，放在了我肩上，让我感到一阵恶寒。然后，他紧紧咬住了我的脑袋，咔嚓咔嚓地咬碎了我的头盖骨。

我发出了惨叫声。正是这惨叫声，将我拉回了现实。

幻觉一瞬间消失了。我仰面朝天，全身僵直着躺在走道上，过了许久才发现急促的呼吸声是从自己嘴里发出来的。

“你骗我……”我竭尽全力才让干渴的喉咙发出些许声响，“什么安神药！你让我吃的是包着安神药外壳的致幻剂吧……”

胜原满不在乎地回答：“这种东西也好意思叫致幻剂？它才让你产生了没几分钟的幻觉。”

我摇摇晃晃地站了起来。在我朝他怒吼前，胜原说道：“我知道怎样能毁了你。无论是精神还是肉体，办法我有的是。只要你愿意，我随时都能毁了你。你就老实告诉我吧，其实你就是想毁了自己吧？人只要彻底毁了自己之后，也就轻松了。不要瞻前顾后的了，告诉我，你到底想怎样？”

“我并不想毁了自己。”我用指尖按着太阳穴说道，“你别在那儿自以为是。”

“你其实想让自己彻底毁灭吧？所以才叫我来。”

“你错了。”

胜原伸手用力抓着我的下巴，说：“你到底想要什么？我这儿什么都有。我拥有一切能让人解脱的东西，甚至能让你彻底离开这个世界。”

“我不想输给你。”

“你说什么？”

“要堕落也好，要毁灭也罢，这都是我的自由。我不想借你的手。当我想毁灭的时候，我会凭自己的本事。你现在说的这些，不过是在多管闲事罢了。”

胜原放开了我，那力度仿佛要把我推开似的，这又让我一阵头晕目眩。有生以来第一次摄入的致幻剂似乎给我大脑带来了超乎预料的伤害。胜原又会揍我吗？我这样想着，但偏偏今天，我怎么都不想老老实实挨揍，所以打算看准时机把胜原推到运河里去。

胜原跟我拉开了一小段距离，在走道上的灌木丛前蹲了下来，从里面捡了几块小石头。

这让我想到了一种把石头塞进对方嘴里然后揍脸的拷打方式，我不由得一阵恐慌。但胜原回来之后，低声对我说道：“现在的你需要的，应该是发泄吧。若是不常发泄发泄的话，总有一天你会撑不住的。”

我注视着胜原，想看看他准备干什么。只见胜原一言不发地瞄准漫步在河对岸的一对成年情侣，拿刚才捡的小石头砸了过去。这并不是示威般地随便一扔，而是瞄准脑袋的攻击。第一下砸偏了，只砸中了旁边的斜坡。情侣吓得连忙打量四周。终于，他们看到了我们，连忙加快了脚步想要离开。

胜原一边追着他俩，一边用比刚才更猛的势头，继续朝他们砸石头。女子向后仰着脑袋发出惨叫。她用手掌捂着太阳穴，并没有要逃跑的意思。男子慌忙用自己的身体护住女子。两人的态度让胜原的施虐感更甚，他比先前更加疯狂地朝两人扔石头。

“你也一起来啊。”胜原连呼带喘地对我说，“很好玩的。”

“我不砸。”我快步追着胜原说，“你戏弄那些人又能怎样？”

“你看到那种人不会生气吗？”

“不会。”

“是吗？我看到那种人就会气不打一处来，甚至想杀了他们。”

胜原扔出去的石头也打中了男子。就着走道上的灯光，我们隐隐能看到男子佩戴的时髦智能眼镜被砸得粉碎，额头上也流下了鲜血。即便如此，胜原也仍未停手，而是继续用力朝两人砸石头，仿佛在执行石刑。

男子终于忍无可忍，朝我们骂道：“妈的，我要报警了！”

男子作势要打开终端动手操作虚拟显示器。胜原把最后一颗石头砸向男子之后，抓起我的手腕逃跑了。

我们身后传来了女人刺耳的骂声，净是些毫无意义的脏话。胜原仰头大笑起来。

我们回到停放摩托车的地方，但正要爬上台阶时，我们停下了动作。

摩托车边上站着几名身穿制服的警察。如果他们是因为刚才那个男人报警而赶来的话，未免也太快了一些。恐怕，是我们从双 E 区偷跑来外面世界的事败露了吧。

胜原也一脸明了的样子，无言地对我点点头。

我们沿着来路往回走，试图找到其他能上车道的阶梯。要想不骑摩托就回去的话，除非找到车站，或者打到无人驾驶出租车。正当我们操作着终端，一阵巡逻车的警笛声越来越近。

我们条件反射地跑了起来，逃进了河对岸的红灯区。

原本被仓库遮住的光芒顿时溢了出来，将我们整个包裹住。

这一带都是些专供中老年人玩乐的店，我们一身机车服出现在这儿非常打眼，所以这里并不能供我们长时间藏身。

我用终端的虚拟显示器打开了地图，开始确认我们目前的位置。最近的车站离我们还有好些距离。而把摩托车留在了外面，也必须联系租车店。

“机车服要怎么还回去？”

“去找个快递门店吧。”

快递是一项在商店买了东西之后能直接寄到家的服务，它可以让游客在消费之后轻松地去吃饭、游玩，十分有人气，所以应该能在附近找到门店。

我们用终端联系了租车店，告诉他们停放摩托车的位置。租车店对这种情况已经司空见惯了，所以也没有多问。而且摩托车上有定位系统，租车店的人应该马上就能找到。机车服则是用胜原找到的快递公司寄了回去。

穿回了自己的衣服之后，因为过于年轻，我们反而显得更为格格不入。就算穿上再时髦的衣服，我们在这个满是身着经典西装的富态中年男子和充满风韵的中年女性的地方，总显得非常不自然。

我们快步朝能看到车站大楼的方向走去。

“你还挺顽强的啊。”胜原突然对我说，“我还以为你会轻易放弃自己。可你却用一种奇怪的方式，表现得尤为理性。”

“你这话是什么意思？”

“我呢，如果不激动起来的话是不会动手打别人的。但你，我觉得你能在理智的状态下杀人。”胜原似乎从喉咙深处发出了笑声，“我还真想看看你变成那样。如果不被警察逮到，我们应该会是最完美的组合。”

我们好不容易来到车站前。感受到了街区没什么格调的繁华后，我们悬着的心终于放下些来，都有一种回到了现实的感觉。

此时，边上突然出现了两名男子喊住我们。他们并不是穿制服的警察，而是穿着私服。他们叫出了我们的全名，还问了我们是哪所学校的。在意识到他们不是生活安全课的警察就是双E区的管理官后，我们没有回答任何问题，拔腿就跑。

两名男子大声叫着追了上来。我们一步也不敢停，漫无目的地飞奔着。

我们再次闯进了红灯区。

胜原发现了一架延伸到杂居大楼外壁的逃生梯，马上朝它飞奔过去。这个逃生梯由较细的扶手和楼梯构成，且能向上收起，故而没有直接连接地面。但只要保持身体垂直向上，并把脚勾上去，就能登上逃生梯最下面的那一阶。我跟着胜原，飞奔到了逃生梯前，此时侧腹的撞伤如被拉扯一般开始作痛。我咬紧牙关登上楼梯，拼命向上爬。

两名男子还没追上来。马路上有几辆违章停放的轿车。每次我低头往下看的时候，这些车都会变小一分。噔噔噔踩着逃生梯的声音如乐曲般有节奏地发出声响。

逃生梯最顶上那阶并没有连到楼顶。胜原用手指紧紧抓住大楼外壁稍稍向外延伸的部分，努力往上爬。没时间犹豫了。我也从逃生梯上伸长脚，跟蜘蛛似的爬上大楼外壁，攀上了大楼顶层。

我们仰面朝天倒在没有涂层的钢筋混凝土屋顶上，稍做休息。只要没人看到我们爬上了逃生梯，就能暂时在这儿避避。

胜原比我先起身，从屋顶边沿向下望去。我走到他身边，学着他偷偷往下看。即便从这么高的楼往下望去，居然也能看清被街灯所照耀的往来行人。胜原将终端的相机调成望远镜模式，在虚拟显示器上展开了放大的图片。他慢慢移动着手腕，确认一路上是否有出现刚才那两名男子。

“他们要是发现我们藏在这儿的话，肯定不会在人行道上找我们了吧。”胜原嘀咕着，“他们说不定已经乘着电梯上来了。”

“怎么办？要再观望观望吗？”

胜原神色严峻地往楼下望去。

两栋楼的夹缝中，有一条供运输机器人移动的细轨道。但它的宽度还不足以让人通过。

此时，头顶闪起一阵强光。我条件反射地抬头一看，发现一种没有脑袋、形似天鹅的物体盘旋在半空中。

如飞镖般薄薄的机体闪耀着珍珠般的光辉。这好像是一种能用人造肌肉拍打着翅膀，无声无息地靠近目标拍摄影像的侦测用无人机。它用红外线传感器侦测到我们之后，大概是为了确认细节数据才用灯光照着我们。

胜原喊了我一声，用手指了指我的肩膀。我的夹克衫上有一摊红印。我并没有受伤，这摊红印是染料。

“它往我们身上发射了追踪记号。”胜原也脱了自己的上衣，边确认后背和前身边说道，“快把衣服扔了，会被录像的！”

顷刻之间，屋顶上就传来了一阵阵踹门声。刚才的两名男子朝我们跑来。我们再次爬上房檐，朝着逃生梯的平台纵身一跃。

胜原顺利跳了下去，我则是在平台上失去了平衡，撞上了先跳下来的胜原的背脊。

我们一起摔到了下一个平台上。胜原被我压在下面，骂骂咧咧的。他一把推开我，站了起来，再次往楼梯下爬。我用手护着鼻子，摇摇晃晃地跟在他后面。

途中，刚才的无人侦察机又飞了过来。

近距离看这些无人机，发现它们出奇地大，跟被施了咒就能四处行动的无头怪鸟似的。

无人机鸣叫着，几乎是贴着逃生梯飞了过来。

胜原骂骂咧咧的，拼命挥着拳。我本以为他是因为怒火中烧才这样，但我错了。无人机飞过之后，胜原就变得跟醉汉似的，开始偏偏倒倒。我这才明白，无人机喷射了挥发性的麻醉剂。虽然我捂着鼻子，但一来到胜原附近，就马上出现了头晕目眩的感觉。

我晕乎乎地注视远方时，发现无人机又回来了。它是准备再喷射一次麻醉剂，还是……

胜原从裤兜里掏出一把匕首，扔向无头巨鸟。

巨鸟拍动着翅膀弹开了匕首，发出一声巨响。它飞行的速度丝毫没有减慢。

胜原倚着逃生梯扶手，探出了身体。他好像无法判断距离，想徒手和无人机对战似的挥舞着拳头。

我连滚带摔地来到胜原身边，从背后抱住了他。大概是因为麻醉剂喷雾进了大脑的关系吧，我渐渐失去了方向感。本想将乱拳挥舞的胜原拖回逃生梯内，没想到却和他一起向前倒了下去。

心里想着“不妙”之时，我们两人便一起越过了扶手。

与其说我们是掉了下去，倒不如说是身体突然变轻一般，有一种奇妙的飘浮感袭遍全身。

很快，随着一声柔软物的破裂声，我感受到了一股身体被什么东西包裹起来的冲击。

看来我们没有直接摔到人行道上，否则我不可能还拥有如此清晰的意识。

但我呼吸有些困难，眼前也一片漆黑。我并没有感到任何疼痛，但不知怎么的，我发现自己根本无法动弹。我突然想到，伤得越重，反而越感觉不到疼痛。

我大概是要死去了吧。胜原怎样了？是不是摔得比我还惨？还是说我伤得更重？

我的意识渐渐模糊。

在幻觉中，我看到自己变成了鸟儿，和无人机一起飞往天际。

* * *

睁开眼睛之后我发现自己正躺在床上，但我不知道自己在哪儿。贴在我脸上和身上的药贴的气味直入鼻腔。

我应该是在警察的医院吧。

我勉强起身时，发现了胸前的石膏背心。看来是肋骨骨折了，怪不得有些呼吸困难。

这是个单间，我没看到胜原。

我强行下了床，虽然勉强能站在地上，但根本没法向前走。疼痛让我的双腿如同被牢牢粘在了地上似的，我拼死挣扎着踉踉跄跄地向前。终于，我将手放在了病房的推拉门把手上，可还没能打开就跌倒在地。我坐在地上一动不动，没多久查房的护士就来了。我挨了一顿训斥，又被抬回了病床。

护士出去之后，进来了一个穿西装的中年男子。他身材纤瘦，却出奇地威严。下巴宽厚的脸上有两条凹陷的缝隙，缝隙深处是如玻璃一般冷酷的双眼，正闪烁着尖锐的光芒。

他看上去不像是医生。我以为他是警方的人，但他介绍说自己并非司法部的人，而是教育实验都市的管理官，叫根本。他并不是追我们的男子，他的级别比那两名男子更高。

我和胜原从逃生梯上摔下来之后，以无人机垫在我们身体下面的姿势，落在了违章停在路边的汽车顶盖上。

无人侦察机上安装了救援程序。在紧急情况下，它会变成救生垫。

原本无人机应该彻底毁坏，汽车顶盖也会被我们压得不像样，但无人机喷出来的缓冲材料瞬间将我们包裹了起来，所以我们才活了下来。不过毕竟是从那么高的楼上摔下来，骨折在所难免。

我问根本我们是不是已经回到双E区了。根本回答我说我们还在外面的世界："你还需要办理一些手续才能回去。早晚都会让你回家的，不过你已经不能再住在双E区了。"

"是因为我整天和胜原混在一起，坏了规矩吗？"

根本摇摇头："不是。是因为你父母，他们出事了。最近警方会来和你说明情况的。"

"我不在家的时候发生什么事了？"

"你父母好像大吵了一架。你母亲头部受伤昏迷不醒，医生说她很有可能再也无法恢复意识了。你父亲现在正以伤害罪在接受警方的调查。"

我顿时哑然。根本大概把我的沉默当成是受到精神打击了吧，他开始用抚慰的语气说道："也难怪，一般人摊上这种事儿肯定要受打击。”

我不知道该如何回应他。我确实受到了冲击，但仅仅是因为这次的加害人是父亲罢了。

母亲发怒将父亲打伤倒还好理解，但那个纤弱的父亲竟然将母亲伤害至此，难道这回是真的生气了吗？

“虽说是过失伤人，但怎么说也让家人受了重伤。这么一来，双E区的居住权肯定是要被剥夺了。你得搬家转学了。在你父亲的判决下来之前，你可以选择暂时休学一段时间。出去简单工作几年之后，也有办法再回学校上学的。你可以选择从初中重新开始，也可以独立学习直接升入高中，或者以特招的方式进入大学。你成绩好，而且曾在双E区上过学这件事对你也比较有利。所以你不用太担心你自己。”

“我跑去外面的世界玩了。难道不用受惩罚吗？”

“你的玩乐方式都很健康，也没有在外面的世界惹麻烦。”

“可我还去当斡旋人了。”

“关于这件事，你还是不要见人就说的好。这也是为了你的将来着想。”

“但我确实是做了。”不知怎么的，根本的说辞让我很气愤，“你是在同情我吗？就因为家人是罪犯，所以即便我堕落成不良少年了也是情理之中的事吗？所以你才对我网开一面？”

“你只是受胜原影响罢了。最好的证据就是你从来没做过一件有违伦理道德的事。你一次都没有去伤害别人，相反，你还很替女孩子着想。打电话叫救护车的也是你吧？所以我们不会把你和胜原当成同类人去看待的。你犯的错就只是无照驾驶摩托车和微量吸食药物。只要你真心反省和认错，我们就能把这两件事从记录中抹掉。”

“你们想把胜原怎样？”

“他做得就有些过分了。差不多也得跟他算算总账了。我们准备把他带去矫正所接受A级监管。具体多久放出来还没确定。”

我大吃了一惊：“他也没杀人啊，为什么对他要如此严格……”

“像他那种人，放任不管的话早晚会去杀人的。”

少在那儿自说自话！我差点儿就要把这句话喊出来了，但转念一想，胜原也确实是一个喜欢对人动粗的人。可又有谁能断言，会对别人动粗的人，将来一定会杀人呢？

根本缓缓将双手放在我的肩膀上，人体的温暖通过病号服传了过来：“你虽然也是案件的相关人员，但同时也是被害人。只要你能忘了过去认真地活下去，即便在双E区以外的地方你应该也能过上正常的日子，毕竟你这么聪明。至于胜原，还是趁早忘了吧。”

“我想问你一个问题。”

“你想问什么？”

“既然有法律条文可以如此严厉地处罚胜原，那为什么不将把守都市关卡的安全锁设置得更严密一些呢？为什么连双E区的小孩都能弄到的伪装程序，可以成功骗过关卡？”

根本放开了我，稍稍往后退了一些，像是在害怕自己的情绪会通过肢体接触传达给我似的。

我把一直困惑着我的问题提了出来：“我一直觉得很奇怪，都市的关卡，比我们从大人们那儿听到的更宽松。到底是为什么？”

“没有这回事。我们的安全锁非常严密。不过是有更厉害的恶人罢了。”

“你撒谎。绝对不可能。那关卡简直是……”

“想象力丰富是好事，但在大人的世界里，过度的想象力就是疯狂了。”

根本抚摸着我的脸颊，嘱咐我好好休息：“之后负责你父母案子的警官会过来，具体经过你可以问他。”

正如根本所说，那天下午，两名刑警来到了我的病房。其中一人是个年轻男子，似乎还在实习，不是在做记录就是在仔细观察我，几乎没开口说话。

另一人是和父亲年纪相仿的中年男人。他关切地问了我很多问题，我都一一回答了，同时觉得根本那冰冷的口气才更像刑警。

中年刑警问我父母平常是怎样的人，会不会经常吵架，会为了什么事而吵架，他们吵架时是否会波及我。

我把我知道的一五一十地告诉了刑警。不过，从对话中，我也发现其实有好多事我并不清楚。自从我去外面的世界游玩以来，就基本没有目睹过父母吵架了，更不知道他们究竟如何辱骂对方的。我只知道，母亲一门心思扑在我的教育上，并且一直以此来慰藉自己。

根据父亲的口供，他其实很早之前就开始考虑放弃双E区的居住权了。这令我十分震惊。这本是他自己拼命争取到的，却又要放弃……

这一切都是因为父亲想拍摄的电影。虽然为了儿子搬到了双E区，但他内心深处一直有股蠢蠢欲动的冲动，这令他必须正视自己——这就是父亲作为电影导演的“业障”。父亲就是这样的人，我并不想责备他。

只要生活在双E区，父亲还是能接到足以维持生计的工作的。但那天，父亲对母亲说，他还是想拍自己喜欢的题材。而且几个朋友也打算一起干，他不想错失良机。要是成功了，说不定就能名利双收，过回以前的日子了。

但母亲对此表示强烈反对，质问父亲我的将来要怎么办：“难道要为了自己的梦想毁了儿子的未来吗？”她还对父亲说，他尽管去拍想拍的电影，但必须在双E区拍。

父亲回答说自己其实是经过深思熟虑的，还补充道：“那孩子其实很聪明，只要我们把现状原原本本地告诉他，就算要回到外面的世界去生活，他也一定会理解的。”

母亲顿时就发怒了，朝父亲吼道：“不准利用那孩子的温柔！一开始就是我们决定要住这儿的，事到如今还怎么回外面的世界去?!”

父亲笑着说：“没关系的，出去之后马上就能适应的，我们不过是回原先的家而已。”

这之后，两人就没能再好好说话了。

母亲一怒之下动手打了父亲，非常凶狠。

父亲转身就跑，从二楼卧室逃了出去。应该是以往的经验告诉他，自己打不过眼前的悍妻吧。

两人来到走廊，终于在楼梯上扭打起来。父亲想把母亲甩开，猛地扭转了身体。如果那时母亲放开抓着父亲的手，悲剧就不会发生了。但母亲死死抓着父亲。为了我的未来，也为了自己的未来，她无论如何都想继续住在双E区。

情急之下，父亲更用力地扭转着身体，结果让牢牢抓着自己的母亲猛地撞上了楼梯扶手。

因为这猛烈的撞击，母亲一下子没能站稳，从楼梯上踩空了。因为重力倒下去时，她松开了手。

母亲仰面朝天从楼梯上摔了下去。她睁着双眼，盯着父亲……

人类的脑髓平常是被颅骨保护起来的。但如果给颅骨施加极强的外力，大脑表面就会因为惯性与颅骨内板产生碰撞，大脑表面上的一大部分区域都会受到摩擦。这就是所谓的脑挫伤。与此同时，脑内还有可能发生出血症状。

母亲从楼梯上摔下去时，脑内发生的正是这个状况。就好比是拿又重又硬的东西用力在母亲脑袋上砸了一下似的。

这之后，母亲便一动不动的，一直维持着手脚张开睁着眼的姿势了。

母亲毕竟是从楼梯上摔下去的，父亲马上就发现不对劲，但他的身体没能及时做出相应的反应。父亲只是凝视着摔倒在楼下的母亲，在原地呆站了好几分钟。不，他甚至没反应过来自己就站在那儿。面对眼前的一切，他吓得说不出话来，身体也无法动弹，完全不知道该如何是好。

终于，他的便捷信息终端响起了来电提示，虚拟显示器自动打开之后，他的身体才有所反应。

那是来自同事的紧急联络："合同敲定了！对方终于同意了！"

电话那头传来了科幻电影企划案终于找到赞助商的好消息。

那一刻，父亲终于回过神来。他跪倒在地，在楼梯上发出痛苦的叫喊。

我询问中年刑警要怎样才能去看望父亲，刑警告诉了我关押父亲的地方和能会面的时间。

听说父亲很后悔之后，我差点儿没忍住眼泪。

我并不是觉得父亲可怜。

而是觉得他可悲。

我们生活在外面的世界时，母亲就整天寻死觅活以求解脱。可我这个懦弱的父亲，却连母亲这点心愿都实现不了，现在还因为他不够决绝的暴力，让母亲半死不活的。

刑警问我今后有什么打算，有没有能依靠的亲戚。我告诉他没有，还说今后的事自己会考虑，双E区的管理官应该也会来替我办手续。

"是嘛。"刑警嘟囔着，盯着我看，"今后你应该要吃不少苦了。要是有什么事需要商量的话尽管来找我就是。就算我自己帮不了你，也会介绍能帮忙的人给你的。”

我很疑惑这是否也在他的职责范围内，刑警回答道：“现在我算是你身边最亲近的大人了。有什么事不要有所顾忌，尽管找我就好。”

他真是个好人，我心想。他应该经常会设身处地地为被害人和加害人亲属着想吧。“警察叔叔，你也住在双E区吗？”

“不，我是轮班的。我的正式工作在外面的世界，我家也在外面。但我每年都会来双E区工作一段时间。如果一直在双E区工作的话，案子太少了，作为刑警的直觉会变迟钝。所以我们外面的警察都是轮番外派来双E区的。我今年的任期差不多要结束了。但就算我回到自己的工作岗位了，也能继续做你的倾诉对象。”

“你有家人吗？”

“有的。”

“有孩子吗？”

“有一个年长你几岁的儿子。”

“他一定很尊敬你吧。你和我那个没用的父亲不同。”

“也未必吧。我儿子小时候，我就整天只顾着工作。”

“但当警察总比我父亲干的那些没用的工作要强。”

“对现在的你来说这可能很难，但还是不要轻易评判你父亲的价值比较好。毕竟是他努力工作才换来你如今的人生。让你们全家搬到双 E 区生活的，不正是你父亲吗？”

“我根本不想住在那种地方。还不如住在普通的地方。住在普普通通的城市，父母做着普普通通的工作，我则是上一所不会让人觉得无聊的三流学校。我只是想过这样的生活。”

刑警沉默了。他既没有赞同，也没有反驳。

“你说你会帮我，对吧？”我继续说道，“我朋友现在也住在这家医院里。但双 E 区的管理官找了一堆理由不让我见他。警察叔叔应该能找到他住在哪个病房吧？”

“应该是事出有因，管理官才不让你见他的吧？我也不能破坏这个规矩。”

“你刚刚不是还说有什么事都能找你商量的吗？”我假装生气，大吼道，“那是我很好的朋友！我现在真的很担心他！你们大人整天只顾着自己，根本不会体谅我们的感受！”

“好的，我知道了。你别激动。”

刑警看上去依旧很平静，但从他的语气里，我知道他已经被我的话动摇了。

我没有再多说什么，只是静静地看着他，仿佛坦率等待主人回应的小狗。

刑警最终还是同意了，他告诉我会稍微问问管理官，但也给我打了预防针，说要是管理员还是不同意的话就只能作罢了。我回答他说这样就好。

刑警用终端联系上根本之后，开门见山地把情况告诉了他。两人先仔细听了对方的理由，然后开始了漫长的交涉。刑警努力说明这并非自己感情用事，而是身负职责，时进时退，循环往复。在边上听着他和根本周旋，就能发现他应该没什么权势，但具有优秀的职业素养。

切断通信之后，刑警告诉我根本同意了："但是，我们必须也在场。而且所有对话内容都要被录音，之后要交给管理官。这样也行吗？"

"没关系。"其实我更想和胜原独处一会儿。但这恐怕已经是最好的结果了。我坦率地向他行了个礼："谢谢你。"

"你一个人能走吗？要不我找张轮椅推你过去吧？"

"好的，谢谢。"

"那我马上去安排。"

胜原住在顶楼单间。我本以为房间门会上锁以防他逃跑，不过好像没这必要。胜原双腿骨折了，想跑也跑不了。

胜原看到我操纵着电动轮椅进了房间，皱着脸嘲讽我："搞什么啊，为什么你就受了点轻伤，我却要遭这罪啊！"

“大概是因为摔下去的时候你在我下面吧。”

“亏了亏了，摔下去的时候应该把你压在下面的。”胜原瞥了一眼刑警，镇定地说，“能麻烦你们回避一下吗？我们想单独聊聊。”

“不行。”刑警回答，“我们和管理官有约定，你们见面时我们必须在场，而且你们谈话的内容我们都得录下来，回头再交给管理官。”

我赶在胜原开口前，连忙说道：“这估计是我们最后一次见面了。我知道你心里很不服气，但也没办法，只能妥协了。”

胜原沉默了。他没说让刑警们留下，还是让他们出去。这应该是他唯一能做的反抗了吧。

我继续说道：“管理官告诉我对你的处分了。我的话，会被赶出双E区，但没有实质性的惩罚。据说是因为我是被你强行带出去才违反规定的……”

“这理由可真扯。”

“不过，你该不会是已经预感到自己快要遇上这事儿了吧？”

“算是吧。毕竟一切都太顺利了，我总觉得这背后有隐情。但即便知道这点，我也停不下来。很多事，我都停不下来了……”

“我明白你的感受……”

“和你父母见过面了吗？”

“没有。我父母在我们逃跑的时候大吵了一架，搞出了个恶性伤害事件。现在我也无家可归了。这么一来我倒一身轻松了。”

“是吗……”

“和你一起的日子很开心。要不是你，我不会这么早独立起来的。虽说方式似乎有些奇怪，但事已至此，我也没什么好抱怨的了。”

“我也很开心。”胜原嘟囔道，“你不会干涉别人，所以和你在一起的时候很轻松。你是个好伙伴。”

“我对谁都是这样的。”

“我知道。我并没有希望从你身上得到友情这种无聊的东西……不过，有朝一日，等我们长大成人了，会不会变成像父母还有管理官这么无聊的人？现在这种感受，或许也会消失净尽吧……”

“这倒未必。”

“不，我要是被带去矫正所做了脑部手术，现在这些珍贵的回忆都会被我遗忘的，包括你。”

“那我一定会记住你的。就算你忘记了一切，我也绝对会记住你的。说好了。”

胜原脸上绽放出了笑容，是他常有的无所畏惧的笑容：“我们的对话被录音了吧？”

“对。”

“那我们来说说那个管理官的坏话吧？让他回头听我们录音的时候气得七窍生烟。”

之后，我们说了好一会儿管理官、双E区和父母的坏话。我们没有心怀憎恨，只是用了轻松的口气去揶揄这令人无可奈何的现实。

直到我离开胜原的病房，他脸上都没有丝毫的悲伤。就像他第一次在图书馆里向我搭话时那样，由始至终都是面带微笑，轻松地聊着天。

所以到最后一刻，我都很开心。

即便知道等待着我们的将是什么，我也很开心。

离开胜原的病房来到走廊，刑警对我说：“聊那些就够了吗？你可以再待一会儿的。”

我坐在轮椅上，抬头看着刑警说：“不用了，足够了。谢谢你。”

“可能你自己没有意识到，但你正遭受着严重的精神打击。心里难受的话就哭出来吧。他是你朋友吧？你不用硬撑的。”

“我没有硬撑……”

“你们刚才不是还满不在乎地说了管理官还有父母的坏话吗？那你们自己的感受也不必克制，尽管释放出来就好。是因为不想被录音吗？还是觉得哭出来太丢人了？我可以带你去个没人的地方，代替他听你倾诉。或者去个不会被录音的地方，慢慢喝会儿茶，听你倾诉。”

“但是……”

“我觉得你已经身心俱疲了。你总是独自一人努力奔波在人生路上，看起来就要倒下了，可丝毫没有停下歇息的意思。如果你不能意识到这一点的话，总有一天，你会开始去伤害别人。我不想对这样的你视若无睹。”

“……真的不用了。胜原就是个这么不服输的人。要是太干涉他的话，他估计会彻底崩溃，再也振作不起来。所以我不会再去了。真要哭的话，还不如在这里默默地哭。”

不可思议的是，就在我这么说的那一刻，眼泪瞬间涌出了眼眶。我慌忙用手指拭去，但已经来不及了。泪水滚滚而下，完全止不住。

我单手捂脸，抽泣了好一会儿。

我在警方会面室里看到了父亲，他变得十分憔悴，双目无神，仿佛换了个人。

父亲的声音隔着面前的玻璃传了过来，十分清晰，甚至让我忘了中间还隔着一块玻璃。也正是因此，我再次深深感受到了父亲的羸弱。

“……对不起。你现在应该很恨爸爸吧？我、我真的没想杀你妈妈的。我还以为就是平常的吵架。有时候我们打得更激烈。但不知道为什么偏偏这次会搞成这样……”

我一言不发，父亲以为这是在责备他，忍不住哭了出来。眼前这个老大不小的中年男子，哗哗流着眼泪，嘴里一直不停地说着“对不起，对不起”。

不是的，爸爸。我心中呐喊道。

我并不恨父亲。

只是替他感到无比惋惜。

我觉得杀死母亲的不该是父亲，而该是我。毕竟我一直以来都想让母亲获得解脱。

结果却是父亲快了一步，这令我十分后悔。况且，还是以这种半吊子的方式弄得母亲半死不活，这让我更加后悔。

直到最后，母亲都没能解脱。

她甚至无法再决定自己的生死。

什么生命伦理、社会常识，什么家人情感，日后这些东西都将妨碍母亲的人生。几年甚至是几十年后，母亲都会因此而不得不“活”下去。这绝不会是母亲真正想要的，母亲绝不会想要这样的生活。

在医院的严格管理下，想移除母亲的生命维持系统很困难。现在和以前不同了，生命维持系统故意设计成了外人难以移除的构造。这些设备操作复杂，电源也没那么容易拔掉，连氧气的供给都是源源不断的。

母亲就跟个活死人似的。

只要我们什么都不做，母亲就会一直这样“活”下去；只要父亲不签署安乐死的文件，母亲就不得不这样“活”下去。而父亲估计也会因为下不了决心，一直为此烦恼着、痛苦着吧。即便他选择了将母亲安乐死，之后也一定会后悔的。

但这些不过都是父亲自以为是的怜悯罢了。

受尽苦难的，到头来还是母亲。

最终要死去的，也是母亲，而非父亲。

* * *

我在根本给我的几个选项中，选择了从初中退学，到双E区外面的世界工作。生活省会负担我一部分生活费。虽然我可以选择继续上学，但我不是特别想去学校。

没有胜原的学校，不过是个无聊的空穴罢了。我选择了一份物流公司的仓库管理工作。在这里，不光要处理事务性的工作，还要搬运货物。不过只要掌握了动力辅助服的使用方法，小孩也能像成人一样工作。公司提供宿舍，自然也就解决了我的住宿问题。

我工作的地方，有很多因为各种原因不能去上学的孩子。我们按照主管的指导，依照《劳动法》工作，获得报酬。除了报酬的多少及工作时间会有所限制以外，其他条件和正式工作的成人并无二致。实际上，我们已经获得了准社会人的身份。

我趁着工作闲余自学。青春期的大脑就跟海绵似的，没有什么知识是学不会的。我上教育网站参加了考试，发现自己现在的知识水平已经足够去上大学了。

只要能拿到奖学金，自然也就不用愁学费的事了。

但不知怎么的，我总对“回学校”这件事有些提不起劲来。

我并不适合集体生活。

在公司里，我也不会积极去交朋友。不管和谁在一起，我都会想起胜原，这让我特别痛苦。

工作的收入并不高，但我还是认真地工作着并坚持存钱。虽然我对学业也有些留恋，但现在还是攒钱优先。我需要攒够将来活动的资金——这就是我现在的目的。

我穿着动力辅助服，向堆积如山的纸箱走去。我一边确认着从集装箱里搬出来的货物上的标记，一边将它们分类、开封。即便是食材和日用品，堆在一起时也会显得很重。没有动力辅助服根本做不了这工作。

某天，正当我机械地干着活儿时，仓库入口处突然出现了一个熟悉的身影。

是瑠奈。

“好久不见。”瑠奈和以前一样，用轻快开朗的口气跟我打招呼。

我问她是怎么找到这儿来的，她告诉我说她做了很多调查。当她知道我和胜原被双E区赶了出来之后，就开始四处调查。

走进有货物遮挡的阴影处后，我重新和瑠奈面对面聊了起来。

瑠奈稍微胖了一些。大概是不再被胜原虐待之后精神上都轻松了不少吧。既然没有胜原她也能好好活下去的话，那为什么不趁早离开胜原呢？

“发生那件事以后，你见过胜原吗？”

“没有。一旦被关进矫正所，就不能和家人以外的其他人见面了。”

“那他要什么时候才会被放出来？”

“我也不知道。我只知道应该要很久。”

瑠奈说她和由纪代再也没见过了，毕竟两人是因为胜原才会结识，他不在了，两人自然也就疏远了。“一开始我和由纪代还会发短信说胜原的事，但现在完全没联系了。估计她找到新男友了吧。”

“小惠呢？”

“她很好。不过，在接受心理治疗。”

瑠奈告诉我，小惠赶上了医院的急救，现在身体已经无恙了。因为川口是外面世界的未成年，所以以不同于胜原的理由被捕了。

“不过，因为经历了那种事，小惠马上被带去进行了心理治疗。好像是因为治疗的需要，她说出了自己认识胜原的契机、遭遇全身美容诈骗欠了钱以及川口的事。”

为了让她从精神控制中解脱出来，确实需要把至今为止所发生的事全说出来。不过，虽说是治疗，小惠一定也不太愿意被人干涉自己的内心吧？换作是我的话，肯定会拒绝的。

瑠奈继续说：“小惠的伤痊愈之后，她也平静了不少。但听说她到现在都还没法彻底忘记胜原。”

“什么？”

“要是不跟治疗师说‘我明白了’‘是我太傻了’这些话，治疗就永远不会结束。所以，她只好假装全部明白了，但她终究还是不想否定自己的那段回忆。”

“和胜原的回忆吗……”

“嗯。要是和胜原交往是个错误的话，那她那时候感到的安心、救赎又是什么呢？医生说这是被洗脑的人特有的思维模式。就像被新兴宗教的人抓去洗脑了的受害者一样。但是小惠还是不想忘记这段回忆。要是否定了那时的自己，也就等于否定了现在的自己。确实，自己和错误的对象交往了一段时间，但她不想让喜欢胜原的这种心情也随之消失。虽然那段时间每天都活在痛苦之中，但她确实也看到过如烟花般绚丽的瞬间，她说她不想连那些瞬间也一并否定掉。”

“她怎么还在说那种傻话啊。”

“那也没办法啊。”

“怎么说？”

“爱情就是这样一种东西……不过，也只有现在还能说这些话了。小惠接下来的治疗会在脑子里通电，在那之后她就会把一切都忘了的。无论是胜原还是那件事，都会彻底从小惠的脑袋里消失，被其他记忆取代……”

“以后你有什么打算吗？”

“我要搬家了。我也被警察叫去问过话了，我爸妈很担心我，所以想换个环境。”

“该不会是要搬去双 E 区吧？”

“怎么可能。我这种笨蛋怎么可能通过双E区的审核啊。我们家会搬到隔壁镇。当然，一半也是因为父亲工作上的关系。”

“这样啊……”

“搬家前我有点想见你，就来找你了。顺便也想从你这儿打听打听胜原的消息。”

“抱歉，我这儿也没他的消息。”

“没关系。那你也要加油啊！”

瑠奈笑着离去的背影，足以让我陷入无尽的失落之中。

一切都显得无比空虚，一切都在渐渐消失。

我的手中一无所有。

这之后过了些日子，我从新闻里得知，之前因为父亲的案子来找我了解情况的中年刑警被卷入一起恶性事件遇害身亡了。

好像是小型炸弹在他家爆炸了。

新闻上公开了他的照片和名字，所以我一眼就认了出来。

我受到了很大的打击，这令我自己都十分意外。我感受到世界正在我眼前逐渐崩塌。我像是被新闻夺去了魂魄似的，一动不动。

自那次以后，我就再没有联系过他了。因为我曾当着他的面哭泣过，觉得特别丢人。

这令我无比悔恨。

一个无条件接受我、包容我的人，竟然一瞬间就离开了人世……我遭受了有生以来最大的打击。说实话，这个打击甚至大过亲人去世给我带来的打击。

犯人很快就被捕了。是一个十四岁的少年。他供认自己“盗窃个人信息之后想恶作剧，所以寄了个炸弹过去”“把炸弹里的火药剂量弄错了，其实并不想杀人”，至于他内心究竟是怎么想的，我毫无兴趣。

估计对他深入调查一下，就能发现他大概以前被警察伤过脆弱的自尊心，或者单纯记恨警察吧。会发生这起案子八成就是因为这些微不足道的理由。

但令我震惊的是，没过多久，发生了一起与这起案件相关的事件。遇害身亡的刑警儿子在法院前伏击了罪犯，他把罪犯打成了下颌骨折。

刑警的儿子也还未成年，比我年长一些，今年十六岁。他当场被制服，直接被铐走了。

这则新闻令我哑然。但下一瞬间，我就在信息显示器前捧腹大笑起来。真是大快人心。我已经很久没见过这么简单易懂的傻瓜了。

我上网搜索了一下，不出意料，那傻瓜的照片和名字已经传遍全网了。源头网站的数据很快就被删除了，但被复制的数据迅速传遍了整个网络，甚至可以看到疑似是终端的望远镜功能拍摄的施暴现场视频。

我看着他的照片和视频，突然心想，他会和那位刑警是一类人吗？会是那种舍己为人，急人所急，看到别人的权利被侵害了就会为之打抱不平的人吗？

还真有些羡慕他。

换作是我的话，肯定做不到的。

根本管理官经常出现在我工作的地方，询问我的近况。我本以为他只是热爱工作而已，但后来发现事实并非如此。

有一天，他对我说了类似胜原曾经和我说过的话："你小时候演过你爸的电影吧？我看过那部电影。"

我问他那部电影好看吗，根本微微点点头。于是我问他，要不要把电影里做的事和他也做做。

根本隐隐一笑，说："我只是喜欢看电影罢了，其他的没有兴趣。"

根本从口袋里掏出一包口香糖，递给我。我取出一片之后，他也取出一片，开始剥口香糖外的锡纸包装。口香糖是混合柑橘味的。我一言不发地嚼着口香糖，根本则说道："要是能看到现在的你出演的电影就好了。你爸没有继续拍了吗？”

“我没有当演员的打算。”

“亏你长得这么漂亮，真浪费。”

我突然灵光一闪，对根本说：“你要是不介意看合成演员的话，我可以制作一些给你看。”

“是吗？”

“虽然我制作不出我爸那种正儿八经的电影，但还是会用便携信息终端上的视频编辑软件的。你喜欢怎样的内容？”

“交给你就好。”

他这么一说，我马上就明白自己要制作什么样的电影了。

只不过根本脑子很灵光，应该是不会付钱给我的。万一触犯法律就麻烦了。不过，我倒是有样钱以外的东西想问他要。

“我想要谢礼。”我对他说，“不一定要钱，只要能代替辛苦费就好。”

“你想要什么？”

“信息。为什么你们如此严厉地惩罚胜原，却对我睁一只眼闭一只眼？我想知道真正的原因。”

“你为什么要纠结这些？”

“胜原是我最重要的朋友。所以我不想一直被蒙在鼓里。”

胜原说的那句“我总觉得这背后有隐情”一直令我觉得芒刺

在背。根本自然是不会轻易告诉我的。但套出他话来的机会，也就只有现在了。

“好吧。”根本答道。他留下一句“我期待着你的好作品”之后，便潇洒地走了，正如他来时那样。

从那天起，我就出没于各种网络 VR 视频投稿网站和可疑的电影播放网站，寻找能拿来制作视频的素材。

根本应该不会满足于那些被用烂了的视频吧。我必须认真地剪辑、合成和拼贴，做出合成演员卖力表演的视频来。

原始视频里演员们都是来真的，所以在编辑这些东西的时候，我总是感到一阵阵呕意。虽说我只是在合成素材，但毕竟是用我的脸、我的身体。即便情感上能做到不受其所乱，也难以抑制内心深处喷涌而出的黑暗情绪。

我无数次地将这种黑暗情绪扼杀在内心深处。我告诉自己，这不过是些合成的视频，是假的。用这些东西能换来胜原的消息，已经很划算了。即便这些视频流到了网上，导致现实世界里出现来骚扰我的蠢货，我也可以直接一口口水吐对方脸上赶走他们。只要能换来事情的真相，我在所不惜。

根本这人，就算我把电影给他，他也不会一次性告诉我所有真相。他每次都只告诉我一点点双 E 区的事，然后用一句“今天到此为止，后续留到下次”打发我，顺便让我给他做更多的电影。

每次我都会迅速制作新的视频。如果他对内容提出了要求，我就会努力去满足。渐渐地，剪辑的作业不再令我痛苦。无论视频里如何使用我的脸和身体，我的内心都波澜不惊。

我内心产生了一种奇妙的抽离感。

我毫不在意根本在高兴什么，无论他多么下流地打量我，都无损我分毫。

但我突然想到，父亲不会也是以这样的心情在制作电影吧？

为了生活，冷静理智地完成那些毫无兴趣的作品。或者说，这些平淡无奇的编辑作业本身，也会让父亲乐在其中？无关内容，拍电影本身就能让父亲感到快乐了。或许，也因为疲惫不堪的脑子满足于现状了……如果真是这样，那这一刻，父亲说不定就是幸福的。

差不多在我给根本第十部电影的时候，他告诉我的信息终于触及重要内容了。

某天，根本把我叫去一家意大利餐厅，请我吃午饭。管理官的任务之一好像就是追踪调查我这类人，所以他可以像这样光明正大地约我吃饭。

就餐时我饱受着根本视线的洗礼。我知道，他这么做是为了让我感到羞耻和自卑。所以直到最后，我都不为所动。视频里的人终究不是我——我唯一不会感到自卑的，也就只有这一点了。

吃完甜点之后，我们走到附近的公园。即将开春的室外，樱花正含苞待放。太阳洒在身上，暖洋洋的。我们在人烟稀少的公园里找了张长凳坐下来。此时，根本淡淡地对我说道："双 E 区最主要的目的，是培育各方面都很优秀的孩子，培育学习能力、身体素质、精神世界都很出色的优秀人才。不论是哪个国家，都需要优秀的年轻人才能发展。这也是为什么双 E 区是国家主导的计划。但这个计划还有一种不为人知的用法——只要在这个环境中定点观察，就能方便地查出哪些孩子比较容易走上犯罪的道路。"

"为什么？"

"想要获得双 E 区的居住权是一件非常困难的事。我们就是通过这种方式对进入双 E 区的家庭进行严格的筛选，选择一些拥有相似家庭环境、年收入、社会地位、学习能力的家庭……也就是说，这些家庭各方面都很优秀。我们通过严格的居住资格审查，将这里的居民控制在差不多的水平。"

以某些条件被筛选出来、各方面都很优秀的人们……看来我从同年级学生身上感受到的流水线产物般的违和感，也不无道理。

根本和往常一样把口香糖递给我。我接过口香糖，没有吃掉，而是直接放进了口袋。根本也没有嚼口香糖，而是继续说道："所以双 E 区才会对内部环境进行彻底的维护，里面住着的也都是些通过审核的家庭。这么一来，要是双 E 区里有人违反了规定，或者出现了违规的孩子，就能很快查明致使他们违规的原因，也能很快就明白为什么成长环境相同却造就了不同的人、明白究竟是什么原因使他们变得乖戾：究竟是与生俱来的本性，还是因为与他人那细微的社会差异。只要在一定程度上将环境保持一致，就能方便我们确定原因。”

我扭过头，有些怀疑：“我们做斡旋人的时候，有不少年轻人经受不住诱惑上钩了。跑去外面世界的人也不在少数。他们难道全都要被当成准罪犯看待吗？这不太可能吧？”

针对我这个疑问，根本回答道：“你们所知道的‘外面的世界’，其实根本不是真正的外面的世界。”

“什么？”

“‘外面的世界’和双 E 区都是教育实验都市。其实外面的世界，也处于我们的管理之中。”

“你说什么？”

“真正的‘外面的世界’，对未成年的孩子来说，要恐怖得多。当然成年之后要是习惯了，倒还是能乐在其中的。”

“……”

“打破规定，想穿越高墙去外面的世界这个特质并不会让人成为准罪犯，这些反而是你们好奇心旺盛的最佳证明。这样的孩子在长大成人之后，从事具有独创性的工作的可能性更高。这堵高墙其实是我们刻意塑造出来的，'守门人'会记录那些通过高墙的孩子们的 ID，并一一向我们汇报。"

"'守门人'原来是你们的人……"

"对。我们根据'守门人'送来的报告，进行缜密的追踪调查。你们所认为的'外面的世界'，其实也安装了无数监控系统，并时刻记录着你们的一举一动，包括你们在哪里和谁见面，都干了些什么……"

"那我第一次和胜原出去玩的时候也被拍下来了吗？包括在公园发生的事，你们全知道？"

"是的。"

"也知道我们去了繁华街，这之后还去了宾馆喽？你们该不会还知道我们在宾馆里干了什么吧？"

根本的脸上隐隐浮现出微笑。

我顿时有一种脚底轻飘飘站不稳的感觉。

根本轻轻地用手抚摸着我的肩膀："我们判断你和胜原'不是同一类人'，就是靠的这份数据。你一次都没有对女孩子动手，反而因为替她们解围而惨遭胜原痛打。之后，你也没有还手。在宾馆里，你显得非常绅士，对女孩也很温柔。即便你自己跑到'外面的世界'，也从未越界尝试那些危险的东西，只是一个劲儿地浏览一些在双E区被限制的信息。对好奇心旺盛的孩子来说，这些都是很正常的行为，因为双E区里的信息受到了极强的限制。越是智慧过人的人，就越不会满足于这些信息，而会想方设法获取更多信息。这些孩子并没有偏离正道，而是非常优秀的人。你就是这些人中的一个。等你工作攒够了钱，就去参加外面世界的大学考试吧。要是你笔试成绩在平均水平以上，之前的经历都会得到很高的评价，顺利进入大学。你的ID里已经有了这些附加价值。在真正的外面的世界里，你父母的事并不会牵累你。"

我感觉整个人跟浮在空中似的，毫无依靠。本以为是自己选择了想要的生活，没想到我们所做的一切都在别人的掌控之中。

"既然你们已经把我们调查了个底朝天，那你们也早就知道胜原的个性为什么会变成那样了吧？为什么你们不能酌情减轻对他的处分？他自己也不想变得那么扭曲啊！"

"我很清楚他经历过什么。但我们判断他是个危险人物，原因有二。其一是他会不假思索地对人施暴，其二则是他很擅长控制别人。他往往不会亲自动手，而是假借他人之手——他很擅长读取他人的内心想法，并进入他们的内心深处。从某种意义上而言，这种能力比暴力更可怕。他的这个能力很有可能演变为操纵、煽动众人的力量。他现在正在矫正所里接受全面调查。为了搞清楚大脑是如何造就他这样的人的，矫正所里的人应该会直接介入他的大脑，对他大脑的机能和构造进行严格的检查吧。人造子宫生育这点，应该也会在调查对象之列，估计以后人造子宫的经营也会受影响。”

这种出生方式究竟要束缚胜原到几时？如果真是这样，他是不是不该出生在这世上？或许他更应该去追逐双亲，被产科医生杀死在人造子宫里吧。

“矫正所会对人类的杀人行为进行科学分析。你回顾一下历史。没有一个时代，人类不是在自相残杀的。即便没有战争，人类也会残杀他人。无论是哪个时代，都有疯狂的杀人魔。人类中总有一小部分人，可以平静地剥夺他人的生命。你有没有想过这是为什么？”

“我哪儿知道！”

“当你不再以哲学意义看待人类，而是从生物角度去看待人类时，就能明白这种杀害同类的行为并没有那么疯狂了。对于生物而言，能平静地杀害他人，恰好证明了他们有着无论发生什么事都能生存下去的能力。当然，这种能力在普通社会中不过是疯狂罢了。但如果是在行星环境极端恶化的情况下，这是一种能让个体存活下去的极为有效的能力。”

“你是想说，如果环境急剧变化，毫无道德伦理的恶人反而更容易生存下去吗？这是什么傻话！”

“不过现实不会这么简单。人类是一种社会动物，无论环境恶化到什么程度，只要人们继续过着集体生活，这个集体之中就一定会出现规矩。而不能遵守规矩的个体，一定会被集体排除在外。而且，如果所有人都能平静地杀害他人的话，人类马上就会灭绝，种族也无法存续了。”

“……”

“但无论在什么环境下都会有例外。总有一刻，只有那些可以无所顾忌去杀人的人才能生存下来。如果我们单从基因存续的角度去分析，会发现还是维持基因的多样性比较好。对于为什么人类历史上的杀人行为永远不会停止这个问题，或许可以这样考虑：人类中总会出现一些个体，他们携带的基因可以让他们轻易进入杀人模式，或者说人类之中有一些个体携带着能无所顾忌去杀人的基因。人类这种生物，或许只是将杀人这种行为作为撒手锏封存起来了吧——在真正的外面的世界，有些大人会认真地研究这些问题。”

“这样的想法太危险了……”

“是啊。但我仍然觉得这是有研究意义的。如果这一特性单纯是机体上的原因的话，那么将来人类就有可能从生物工程学角度去修正这一特性，就像对大脑深处进行电击以改善人类的抑郁状态那样。不久之后，人类就能迎来用电击疗法控制情感的时代。采用这种方式，甚至可以人工增加罪恶感，去抑制犯罪的冲动。”

我沉默不语。

哲学意义上的人类和生物学意义上的人类之间有着深深的鸿沟。管理官们是试图用分析的方式和科学技术去填平这道鸿沟吧。

“所以你们是故意的吗？”我勉强挤出声音问道，“你们故意放任胜原不管，任他为所欲为，以便日后可以调查他究竟是怎么变得这么扭曲的，是吗？你们为了验证自己的推论，才对他的行为熟视无睹，任他胡作非为，是吗？这样日后才好将他作为坏人样本回收调查。”

“你现在应该觉得我们很不人道吧？但双E区就是能进行这种不人道的实验的地方。当然，这些事都是暗中进行的。所以这儿才被称为‘实验都市’。”

我歇斯底里道：“刚才的话我要全部告诉胜原的父母！‘生命之器’绝不会允许你们干这种侵犯人权的勾当！”

“很遗憾，胜原他父母已经认可了这件事。”

“什么……”

“他们说：‘为了提高社会伦理道德观，请你们尽情调查和惩罚犬子。只要不伤及他的生命，多严厉的惩罚都没关系。拘留时间到了我们一定会来接他的。’他们还说即便我们把胜原伤得遍体鳞伤，他们也会来接走他，并好好将他抚养长大。你不觉得这对父母很伟大吗？”

我握紧拳头从长凳上站了起来，一拳朝根本挥了出去。这是我有生以来头一回感到如此愤怒。力量从我自己都不知道的身体某处喷涌而出。

这一刻，我终于能像胜原那样对人施以暴力，即便杀死对方也毫不后悔。这一刻，我赌上了一切，也放弃了一切。

但根本轻松地躲开了我的攻击。

我势头太猛，向前一个趔趄。正当我调整姿势时，根本从后面一把抓住了我的头发，用力往上提。

我疼得泪水在眼眶里直打转，并深深懊悔自己的愚笨。真是洋相百出。看来要是真想打人的话，还是应该像胜原那样，平常就勤加锻炼。

根本放声大笑，把我拉到他身边。

“我刚才和你说的话，没有一条是记录在双E区的管理条目里的。这些东西等于是不成文的规定。不管你上哪儿去说，都只会被人笑笑当成都市传说。所以我才会告诉你。”

我喘着气问道：“为什么要告诉我这些？”

“我作为管理官，可不能白白放过你这种为了朋友咬牙牺牲自己的孩子。你做的那些业余电影很不错，我挺享受的。告诉你这些就算是谢礼了。”

根本在我耳边吹了一口气，用一种令我毛骨悚然的温柔语气低声道：“别小看大人。小屁孩怎么可能玩得过大人？”

十八岁那年，我以想找新工作为由，辞掉了现在的工作。当时我已经不再是需要在保护之下工作的年纪了。公司里的上司也很欣慰。

其实，根本没有下一份工作。

我提着简单的行李，离开了公司宿舍，准备开启一段流浪之旅。

我并没有长住一地的打算。

我准备靠着存款和打零工赚钱，度过余生。

母亲在我自立前不久就离世了。

并不是因为父亲签署了安乐死的文件。母亲是受病毒感染而死的。我并不想打官司去追究院方的管理责任。在我心中，母亲早已死去。而父亲，我也不打算在他缓刑期间去照顾他。虽然有些对不住他们，但今后，我想一个人走下去。

我离职一事也传到了根本耳里。那之后，我的终端收到了他发来的消息：“恭喜你独立。以后好好加油吧！”

这之后，我们就再没联系过了。

没想到这么轻易就和根本断了来往。

但只要我的 ID 还在，我的所有相关的数据就都会被记录下来，因为我身上的“重点观察对象”标签。

因此，要继续使用这个 ID 的话，过去的事就会像个定时炸弹一般，随时可能暴露。但在一定范围内，还是能过上安定平凡的生活的。我要继续使用这个 ID 吗？

还是说，要舍弃自己升学和未来一切的可能性，去伪造一个能自由行动的假ID呢？只要愿意冒险，伪造ID的办法还是有的。

这不是一件能轻易做出决定的事。

我决定暂且先不考虑这个问题。

实际上，我现在感到无比空虚和无力，比在双 E 区时更甚。

我甚至有些羡慕被判定为会危害社会的胜原。

比起他，我只是个连审判的价值都没有的无名之辈。

当然，我也没有那种要报复社会、成为恶棍的想法。只是，以普通人的身份生活下去，总令我有愧于心。

我花了差不多一个月时间，走遍日本。

其间，我没有遇上一件足以改变我人生的感触颇深的事。途中，我基本不与其他人产生交集，自然不会遇上那些直击心灵的事了。

不过，我也因此明白，如果想让自己内心有所触动，就必须通过某种形式和他人产生交集。无论是要热爱这个世界，还是要憎恨这个世界，我都需要通过他人这个媒介，才能在社会中确认自己的存在意义。

是时候做出抉择了：究竟是寻找一份新工作；还是自我了断，就此离世……

有一次晚间，我坐上了一班开往地方的特快列车。当我通过列车过道时，注意到了一名正要坐下的女子。看样子她稍年长我一些。要是我有个姐姐的话，应该会是她这个年纪吧。

她的行李少得可怜。

也没有一同旅行的同伴。

我马上意识到，她和我一样，正在漫无目的地旅行。

我就像被火吸引的飞蛾似的，被她吸引了过去。

我在她对面的座位上坐了下来。

我开口问她准备去哪儿。

她冷淡地回答说："没什么特定的目的地。"然后又立刻反问我，"你呢？"

我回答说自己正在寻找目的地。

我们聊了一会儿不痛不痒的话题，女子说起了自己的事，她仿佛一直在等待一名倾听者出现。

原来她的恋人在工作中因事故去世了，她也从此失去了活下去的欲望。

我对她说，男朋友再找就有了。她却眼里闪烁着泪花，让我别说这么残忍的话。

我不知怎么的，突然怜惜起眼前的女子来，有口无心地说道："那要不我来代替他吧？"

女子露出了一副难以置信的表情，说："为什么，我们才第一次见面啊？"

因为你一脸"随便来个人慰藉我一下吧"的表情。我本想这么回答，但我怕这句话一说出口，她又会面露愁容，便改口说："因为你很美。比起你哭泣的样子，我更想看看你的笑容，看看你开心时的样子。"

"真的吗？"

"我是认真的。"

我们一起在下一站下了车。这是一个较大的站点，所以哪怕是深夜了，也能轻松找到爱情旅馆。毕竟去的是这种旅馆，所以我想着是不是要干些该干的事。不过女子好像没什么兴致，我也就作罢了。

我们先后去冲了个澡，并排躺在宽敞的大床上。不知怎么的，我竟有一种和亲姐姐并排躺着的感觉。

我问了她的名字，她回答说自己叫 Miya，但不知道该写作“宫”还是“美弥”。

她反问我的名字，我告诉她我没有名字。我舍弃了自己的名字，所以没有名字。

然后 Miya 告诉了我她去世的男友的名字：Joel。女子还说，他比自己小三岁，但很靠谱，很包容她也很宠她。“现在我总是想起过去的一切……”

我回答说：“这个名字就给我用吧。让我成为你的 Joel 吧，成为你的另一个守护者，怎么样？”

Miya 愣住了，她嘟囔道：“说不定这样也好……反正记住一个新名字也很麻烦，如果你能像我所认识的 Joel 那么温柔，我就叫你 Joel 吧。”

在接下来的一个礼拜里，我们漫无目的地游走在这个城市各处。我们去 Miya 想去的地方游览，我也会把 Miya 带去我想去的地方。

第三天晚上，我们像普通情侣一样，在酒店里缠绵相拥。Miya 很瘦，抱起来并不是特别舒服，但她似乎非常精通男女之事，也很习惯做这样的事，每次都让我有种融化般的感觉。

一天，我们两人一起去看海，Miya 对我说：“比起这么自欺欺人下去，我更想就此了结。虽然我总觉得不该把你牵扯进来，但因为我只有一个人，担心会失败，你能帮帮我吗？”

沉睡在我内心深处的遥远记忆再次苏醒。我想起了在手中死去的麻雀。那只可爱的褐色小鸟。还想起了整天寻死觅活最终却不能以自己所希望的方式离世的母亲。

瞬间，我内心暗暗发誓，我一定要坚决果断地帮助 Miya 实现她的愿望。

没能为母亲做的事，一定要为 Miya 做。

我正是小鸟之墓。一直以来，我都希望自己是小鸟之墓。

最好不会被任何人发现，能静静地腐烂。Miya 抱着这样的期望，把自尽的地点选在了深山里。我们计划进入森林深处，Miya 先喝下毒药，等到她完全失去意识之后，我再掐死她，以防毒药无效；或者，把她吊在树上，就像晒鱼干似的。

我知悉并同意这一切之后，和 Miya 一起去了深山里。

在喝下毒药前，Miya 对我说："谢谢你为我做了这么多。我还是挺开心的。"

我突然意识到，这还是继胜原之后第一个感谢我的陌生人。

把人吊在树上需要一定的力气，但并不难。可是我不太熟练，不知是绑在Miya脖子上的绳索没系好，还是吊起来的姿势不太对。明明已经失去了意识的Miya，突然挣扎起来，且挣扎得十分厉害。应该是作为生物，在本能地抗拒死亡吧。明明本人的精神渴望着死亡，肉体却如此抗拒。

生物的活力真是旺盛得让人难以置信。

但Miya要是跟母亲一样没死成的话也太可怜了些，所以我不会半路逃跑，我必须坚持下去。无论Miya的样子看起来有多不堪，我都不能离开这儿。万一她从树上摔了下来，我还得给她致命的一击，确保她能真正死去。

Miya的惨状让人无法正视。

我无法忍受眼前的这一切，只好背过身去。

双手捂着耳朵。

即便我双手捂着耳朵，外面的声音还是会传进鼓膜。就像是青蛙被踩烂一样，那种又闷又潮的声音不停地持续着。一股臭气也直冲鼻腔。

我有些犯晕。

好几次都有些作呕。

终于，一切气息都消失了。我悄悄放下双手，转过身去。

幸好，树枝上悬挂着的Miya背朝着我。我终究没敢绕到正面去看她的脸。我垂着目光，绕开这儿下了山。

我浑身是汗,同时也有一种稍稍安心的感觉,好像卸下了身上的一些负担。

说实话,问题并没有得到解决,但我有了一种似乎能找到答案的感觉。

我并没有觉得悲伤。

反而有种做了好事的愉悦感。

与此同时,我第一次意识到,自己作为人类大概是缺少了某种情感。

世人所谓的"人类的温情",或许我从出生至今都不曾拥有过吧。

胜原离开了,母亲离开了,父亲离开了,Miya也离开了,可我却一如既往地活着。

或许我生来就是怪人一个吧。

我大抵是疯了吧。

但我确实还活着。

不知怎么的,我还能活在这世上。

或许作为身在社会中的人来说,我很奇怪,但作为没有姓名的生物,我或许还是正常的吧。

因为活着就意味着拥有生存下去的能力。

倘若如此,那我只能按照自己所想的活下去了。潜伏、飘零于这个企图筛选并抹杀我的社会构造中，寄生下去。

我正是小鸟之墓。

是那些渴望死亡的女性之墓。

是能给予她们安眠的床铺。

我踏上了旅途。

追寻着可以称为“自己”的人生之路，飞奔了起来。

我舍弃了过往的 ID，伪造了一个新 ID。

我走遍好几座城市，寻找着短期内能获得高薪的工作。等攒够了钱，我就会休息一段时间。我一个人上街，寻找那些不幸的女人，寻找那些整天寻死觅活却没有勇气自我了断的女人。

这世上有很多这样的人。

不光是女人，还有不少想死的男人。不过我只会去寻找这样的女人。

无论在哪个地方，都有很多目标对象。虽然有不少女人，即便叫了她，她也不会搭理我，但同样也有不少女人，会轻易接近我。

我耐心地倾听着她们的真心。

如果对方想与我缠绵，我会温柔地回应。有时候，我甚至会强势地要求。和女人缠绵是快事一件，但如果在现场留下证据的话，很快就会被警方锁定身份，所以在动手前我通常会比较克制。一般我都会选在事后马上就会被清扫的宾馆酒店，绝不会去对方家里，更不会让对方来我家。

整个过程不会有丝毫痛苦。

女人都喜欢那些会适当回应自己的男人，而到最后，她们才会吐露真言："有时候我会觉得活在这世上毫无意义。但总也下不了决心寻死。毕竟活着说不定哪天就能遇上好事了。"

只要她们说出这些话，就轮到我了。

即便努力活下去，从客观上讲，也不会遇上什么好事。人必有一死，必有放下一切迎接死神的那刻。

人生中的"好事"，仅限于本人相信"这是有价值有意义的"那一刻。

依我所见，是生是死，别无二致。如果说帮助他人的人生是神职人员和心理治疗师的工作的话，那么协助他人求死就是我的工作。

我要沉着地帮助那些在死亡面前犹豫不决的女人们。即便世人都称之为犯罪，但在我心中，这是极其自然且严肃的事。

比起扬扬得意地用不知是谁写的教科书里的"但我们必须努力活下去"说教，我更想帮助那些人求死。那些整天寻死觅活却下不了决心的女人们，我愿意为她们敲响天国之门。

我认为，拯救女性灵魂的手段必须足够彻底。

决不能用我父亲对母亲做的那种半吊子的方式。决不能让女人们再醒过来，所以必须彻底破坏她们的肉体。这也是为了不让她们像母亲那样毫无意义地苟延残喘，更是为了不让她们像 Miya 那样在死前浪费太多时间。

所以我在使用手枪的时候，一定会瞄准女人头部连开好几枪；使用霰弹枪时，我一定会将子弹射穿她们那温软且具有魅力的身体；使用匕首时，我一定是一刀贯穿心脏，并切断脖子上的大动脉。

这是为了让她们能成功死去，安心地离开这个世界。即便一不小心出了差错，也不至于让她们被现代的尖端技术救回一命。

在我掌心渐渐冰凉的麻雀。

对我说“谢谢”的 Miya。

每每麻雀、Miya 与她们的身影重叠时，一股震颤就通过背脊蔓延至我全身。

我不可自拔地被这股快感支配着。为了一次次重温帮助 Miya 自我了结时的“做好事”的感觉，我不停地想去杀人。

这种如释重负的解脱感和终于能与他人有所联系的安心感，

如麻药一般治愈了我的心伤。所以我怎么也停不下来。

在旁人眼里，我大概是在把杀人当作玩乐吧，或者是把杀人当作了呼吸一般自然的事情。

当然，这也是一种解释吧。每次对女人下手时，我确实能感受到理性无法解释的快感。如果从不求回报这一点来看，我所干的事确实和玩乐相差无几。这是不容置疑的事实。

偶尔，我也会希望再次遇到像中年刑警那样的人，能直接闯入我内心深处的人。总觉得那样，自己说不定能稍有改变。

但自那以后，我再也没遇到过那样的人。生活在成人世界的人，个个都戴着厚厚的面具。他们需要隔着面具，互相试探。就像我曾经生活在双 E 区时那样，因为适应不了那里的氛围，便戴上了一张已经适应的假面——不，成人世界的人会使用更厉害的办法，戴上更为坚固的面具。要想打破面具，了解他们的内心，简直难于上青天。

直至现在，我都在后悔当初没和那位刑警多聊聊。因为人生当中，那样的机会实在寥寥无几。人这一辈子，其实不太有那样的机会，以那样的方式被那样的人搭话。当我意识到这一点时，自己已经杀害数不清的女性了。

这个世界上，也有绝不会说出想死这种话的坚强女性吧。要是有这样的女人，我真想和她见上一面。

我想遇见完全无法理解我的想法、会彻底否定我价值观的坚强女性，会毫不留情厉声斥责我的女性，和母亲完全相反的女性。要是我能遇上这样的女性，人生说不定就会改变，再也不会残杀女性了吧。

但我始终没能遇到这样的女性，正如没能再遇到和那个刑警一样的人。

我就像是被下了诅咒似的，每次搭讪的女人，都是和母亲一样有着阴暗面的人。即便我一个人在酒吧里喝着无酒精鸡尾酒，来和我搭讪的女人也并无不同。

所以我不得不在她们的死亡舞台上一直起舞。虽说这样也不乏乐趣，但我心中的空洞越来越大。我本选择了一条随性生活的路，可怎么也得不到最想要的东西。这种焦躁感，令我的胸口阵阵作痛。

社会并未制裁我，但我时常有一种被自己鞭打的疼痛感。为了遗忘这种感觉，重拾舒畅的快感，我会再次开始杀戮——我就这样，永远被困在无尽的轮回之中。

某天，我看了一个带着呼吁性的新闻节目：要去火星生活吗？

“火星文化和地球不同，更为自由、先进，全宇宙就数火星文化最酷。”播报员热情激昂地说道。

我突然想，火星上大概会有我渴求的女性吧？要是有的话，去火星或许是个不错的选择。

我又伪造了一个 ID。我用 Miya 给的名字，随便翻成了两个汉字，做了一本假护照，办理了移民火星的手续。几个月后，我搭乘轨道电梯，来到了一个重力只有地球三分之一的城市。我辗转于诺克提斯谷和水手峡谷之间，换了好几份工作，寻找自己的容身之所。

火星和地球差不多，并不存在我所期待的社会。这里的人类也很软弱、丑陋、利欲熏心。虽然人们讨厌自己的这些特点并努力建立新社会，但似乎没有多大的效果。

火星上没有什么新都市，不过是个迷你地球罢了。这就是人类的本质吗？我如是想。无论环境如何变化，人类也绝不会有所改变。事到如今，这已不会令我绝望了。

毕竟我自己也毫无改变。我又开始了一边寻找理想中的女性，一边不可控制地猎杀所有认识的女性的生活。

被牢固的顶盖所包裹的火星都市，宛如培育名为“人类”这种植物的温室一般。是的，我们最终还是要回到“温室”中去。回到像双 E 区那样、完全人工控制的都市中去……

* * *

从沉睡中醒来后，疼痛稍有好转，但浮在空中的舒适感却消失了。

男子终于明白，自己不曾获得什么，也不曾失去什么，只不过是回到了起点。

只要稍稍平静下来，久远的记忆就时常会苏醒。自己是从何时起，开始有些不一样了呢？是来到火星之后吗？还是说，开始流浪之后？

男子开始觉得，那天在医院和胜原告别之后，胜原身体里的一部分，或许就已扎根在自己心中，和自己融为一体了。就好像和胜原一起踏上旅途，来到了火星。杀死那些女性的时候，男子常常感觉胜原那只看不到的手正轻轻搁在自己肩头。此时，自己体内，两人已合二为一了……

抗药性分子的副作用在过去十几年里，一直侵蚀着他的身体，让他的脑细胞和脑神经饱受折磨、几乎快要停止机能。但他至今都还记得胜原，这正是男子心中唯一的慰藉。

男子不会让任何人看到他的真心。他时常戴着厚厚的面具，所有的举动，不过是他达成目的的演技。

就像在虚构的视频中，男子将自己的脸合成到他人身体上肆意摆布一般，在现实社会中，他将自己当作一个被贴上了“杀人魔”标签的人偶，并让自己行动起来。

他将一切都隐藏在面具下、塞在面具下，张开一层他人绝对无法理解的保护壳。只要有这个保护壳在，他就能安心独处，一直和过去对话。

男子横躺在床上，触碰了一下缠在手腕上的便携信息终端。他把非法采集到的数据放在虚拟显示器上进行浏览——上面都是对自己穷追不舍的探员的信息。

他的目光停留在了其中一个名字上。他对这个名字有印象。这人的照片，比男子记忆中的样貌成熟不少。

简短的个人资料，勾起了男子久远的回忆。这是一名从地球移居火星、一心只顾着追踪自己的探员。他父亲也是一名刑警，但已经过世了。

大脑的某个角落里慢慢浮现出令人怀念的记忆，男子脸上露出了苦笑。

他心想：要是这名探员能对自己产生强烈的厌恶就好了。探员要是能对自己产生超过本职工作所需的厌恶感，能作为一个人类憎恶自己，那该有多好。要是这名探员能抛开自己的身份，只是一味地痛恨自己，直接向自己展露他的杀意就好了……

为了实现这个愿望，男子愿意做出任何惹恼他的事。

我不奢求你的共情和理解。

只求你能毫不留情地摧毁我。

快把我丢进火海，将我彻底焚烧。

绝不允许你射偏我。

快露出凶猛的獠牙，正面枪杀我吧。

那一瞬间，我大约会感受到令自己浑身战栗的喜悦。

我对你的要求，仅此而已。

男子将虚拟显示器上的数据一一删除，站了起来。他将手臂伸进了外套袖子里，穿过玄关，离开了公寓。

为了让这具疲惫的身躯重获活力，他考虑去吃点东西。他想一个人静静。想不考虑任何事，单纯地享受一顿美味。

与他人有着交集、能从平凡的日常生活中找到乐趣的人早已获得的这份心灵的安宁，男子至今未能获得。他内心深处燃着黑暗的火焰，独自徘徊在夜晚的道路上，苦苦追寻着他渴求已久的安宁。

这是一个沉入黑暗海底、永远得不到救赎的罪人，一步一步将自己逼上自我毁灭之路的愚蠢之人。

但现在的自己，让男子感到些许欣慰。

现在的自己，比在双E区被称为“聪明的好孩子”时，要强得多。男子坚信。

解说[1]

■[日]山岸真

光文社文库发行的选集系列“异形选集”中曾刊登《鱼舟·兽舟》一文。总编辑井上雅彦介绍该作品时如此开篇:得以介绍如此魅力四射的“异形”,倍感欣喜。

“异形选集”作品介绍最为闻名的便是能激发读者阅读欲望这一点,而刚才那一句,也是这个选集的作品介绍中的数一数二的金句。遇到一篇旷世佳作的兴奋感跃然纸上。

实际上,《鱼舟·兽舟》一文也确实获得了巨大反响。这篇短篇小说发表的2006年,是日本史上中短篇科幻杰作大量涌现的一年,其中上田早夕里的这个短篇,正如去年光文社文库发行

---

① 该解说为2008年底撰写的评论手稿的补充版。

的长篇小说《美月的余香》中堀晃所解说的那般：这是一篇杰作，令人感受到了作者在处女作里所展现的全部天赋。这是 2006 年最好的短篇作品。

这本书得以出版，在一定程度上也得益于如此高的赞誉。我也曾盛赞这部短篇小说，甚至在这本书的责任编辑面前给予了高度评价。也许是因为这层关系，我受到委托，承担起了解说作者值得纪念的首部短篇集的重要职责。（虽然不是什么重要的事，但在此说明。上田早夕里 2008 年已经出版了一本名为《巧克力师傅的勋章》的连作短篇集[①]，但提到她的首部短篇集时，一般指本书。）

如此一部杰作，想必更加有名的评论家或人气作者也会乐于对其进行解说，如今竟委托我做这件事，真是诚惶诚恐。此话不提，我现在依旧对这本书做出了"篇篇佳作"的评价。对一本书而言，自然不可能因为其中一个绝妙的短篇就专门为其出版一部短篇集。这本书能够策划出版，是因为其品质和可读性都非常有保障。

说了这么多遍"杰作"，接下来就按照收录顺序依次介绍一番吧。话虽如此，其实每篇小说都非常易读，并不需要阅读提示

---

① 连作短篇集收录的篇目一般具有同一个主题或主角，与通常所指的短篇集略有不同。

或专业知识，故以下仅为我的拙见。

《鱼舟·兽舟》

“异形选集”第三十六卷《进化论》(2006年8月出版)刊载的生物题材科幻杰作，是日本首屈一指的海洋科幻短篇。

作品开篇大量描写了海上的日常生活和鱼舟、兽舟等奇特生物，一下就抓住了读者的眼球。而读者也逐渐了解到，这是一个现代社会分崩离析后的未来故事(甚至还使用了“大半陆地都被海水淹没的世界”这种表述)。这个时代的人类分为两类：世代居住在海上的海上住民和一小部分生活在陆地上的陆地住民。

男主人公是一名移居陆地的海上住民。他所回忆的海上住民的生活和文化有一种带着民俗风情的神秘气氛。同时，作品中也会自然地出现一些科学用语，这表明文明和知识体系并未崩坏。

在这样的编排之下，故事发展到后半部分，有关鱼舟的设定被突然揭晓，扎实的科幻世界观彻底呈现出来，其精彩的科幻思想论述也带着巨大的冲击力。而作者在接近尾声时进一步深化这一思想，贴合着选集的主题，提出了关于何为人类的根本问题，向读者展现了一个宏大的科幻愿景。

这么解说之后，有些读者可能会认为这是一个只有设定和创意的故事，但如果它是这样一部作品，就不会被称为史上最佳作品之一了。

因海上住民的身份在移居后遭受挫折的男主人公、和青梅竹马的重逢、两人青春期时的种种，以及女主人公由此追寻的命运和她内心隐藏的坚强意志。这些内容如同戏剧一般上演。

如此丰富的内容，精炼在了文库本三十页左右的版面里，且不会让人觉得言之未尽，自然是令人赞不绝口。

另外，本书出版后，和《鱼舟・兽舟》具有相同世界观的长篇及短篇小说也陆续发表，共同组成了一部壮大的海洋未来记事以及人类 / 后人类史。

截至 2022 年 2 月，已发表的海洋记事系列作品如下：

・长篇作品《华龙之宫》《深红的碑文》。

・短篇作品《鱼舟・兽舟》《李林塔尔的后裔》[1]《露西、月亮、星星、太阳》《银翼和助手（摘录）》以及《野兽们的海洋》中收录的作品。

・短篇集《野兽们的海洋》——四篇收录作品《迷舟》《野兽们的海洋》《老人与人鱼》《万花筒之吻》均聚焦于海上住民、鱼舟及其社会。

这一系列今后也会续写其他新作。

---

① 短篇作品《鱼舟・兽舟》和《李林塔尔的后裔》已被翻译为简体中文。

《茸之道》

首次刊登在“异形选集”第三十八卷《心灵理论》(2007 年 8 月刊)中。补充解释一下,“异形选集”是作品选集,每卷都有一个主题。这一卷的主题是“幽灵研究”。《茸之道》从科幻的角度交了一份完美的答卷。这(基本上)是一部以当代日本为舞台的生物 / 医学作品,结合了科幻、恐怖、悬疑、惊悚的元素,同时展现了人性。

这部作品从生理层面到心理层面,融入了各种“恐怖”元素。就我个人而言,故事中九州遭遇异常事态时提到的“无论九州的灾情有多严重,东京这儿的人还能悠然自得地生活”,以及之后整个事态的发展,能让人不禁联想到现实中的新闻,不寒而栗。

《款待》

首次刊登在“异形选集”第三十九卷《少数异形》(2007 年 12 月刊)中。这卷是系列十周年暨星新一去世十周年(及出道五十周年)的短篇特辑。《款待》以“出差”“商务酒店”等关键词开篇,展现了日本风情以及超现实的想象,之后则是……评论到此为止,再介绍下去就违反短篇介绍的规则了。

《真红街》

首次刊登在“异形选集”第四十卷《未来妖怪》(2008 年 7 月出版)中。这一卷的主题是让“未来”和“妖怪”这两种具有冲突的形象达成共振,而这则短篇通过文字大胆地将技术世界和确实存在妖怪的世界进行了融合。

作者在《鱼舟·兽舟》和《茸之道》中也用科学的语言对何为人类进行了探讨,但这则短篇更加直言不讳地展现了相关问题。此外,还融合了超自然现象的元素,一点点揭示了被隐藏的主角的故事。与此同时,作品本身兼具幽默感和冷硬的笔触,是一部毫不保留地发挥了作者实力的作品。

本篇作品之后发表了续作并形成系列,收录于《妖怪侦探·百目》全三卷。

《蓝草》

这篇作品是本书中最早发表的作品。作者凭借《火星黑暗交响诗》一作于 2003 年斩获第四届小松左京奖。同年年底,角川春树事务所出版了该作品的单行本。《小松左京杂志》第十三卷(2004 年 1 月发行)刊登的这篇作品,是作者获奖后的第一篇作品。

外观形似观赏植物,实则是技术结晶的物件:蓝草。通过这个物件，讲述了一个内省的、多愁善感的主角的生活与精神旅程。这是一部以潜水为特色的海洋科幻小说。

我想，如果《鱼舟·兽舟》翻译得当，在国外定会斩获好评。而要是有人说《蓝草》是翻译了美国广受好评的新人科幻作家的作品，并替换了专有名词，我一定会深信不疑。这篇作品证明了上田早夕里获奖并非侥幸，而是具有专业作家的实力。

《小鸟之墓》

这篇为本书而写的作品，其容量足以填满整本文库本。故而这本书应为短篇加小长篇。

这是上田早夕里首部长篇小说的前传，如果你读过《火星黑暗交响曲》，就会对它有印象，因为开头就提到了“来自火星的蓝玫瑰”。确切来说，这是在《火星黑暗交响曲》中有着强烈存在感的重要配角的童年故事。还有一部分显然是与长篇小说相关联的，读下去就能明白了。

当然，这是一部故事独立的作品，单独阅读也足以令人沉浸其中。相关联的部分即使没有阅读过长篇也不会有影响。

虽然故事有些长，但许多部分能令人感觉到作者的写作技巧有了更大的提高。由于篇幅问题，在此不再赘述，只说一点：上田早夕里在其他作品中洞察人类和社会的视线在这部作品中变得更为犀利。这是一种通过从生物学的角度讨论何为人类，从而拒绝简单的人文主义的严肃态度。作者并没有设定一个通俗易懂的敌人，如一个邪恶的政权，而是用冷酷的笔触描绘了人是如何被“社会”这张复杂的网络包罗其中的。这两点都是上田早夕里作品的主要特点。

顺便说一下，《火星黑暗交响曲》去年列入了春树文库，当时它被大幅修改，可以说是换了一个版本。无论你是否读过这本书的单行本，都建议再读一下文库版。

洋洋洒洒写了这么多。总而言之——如果我可以转述我在本文开头时所用的语句——得以介绍如此魅力四射的科幻作品，我倍感欣喜。

我希望更多人能够拿起这本书，并且体验一下“阅读如此精彩的科幻短篇小说集的乐趣”。